女

栄次郎江戸暦8

小杉健治

時代小説

二見時代小説文庫

目次

明烏《あけがらす》の女——栄次郎江戸暦8

第一章　尾行する女

一

旧暦八月は仲秋である。さわやかな季節だが、日脚は短く、朝夕は冷たい大気が身を包む。

杵屋吉栄《きねやきちえい》こと矢内栄次郎《やないえいじろう》は日本橋葺屋町《ふきやちょう》の『市村座』の舞台に地方《じかた》として出演していた。栄次郎は自分に注がれる熱い眼差《まなざ》しに気づかず、撥《ばち》を振り下ろしていた。

今、舞台では市村咲之丞《いちむらさきのじょう》が『越後獅子《えちごじし》』を踊っており、一枚歯の高下駄を履き、白い晒《さらし》を捌《さば》くという一番の見せ場にさしかかっていた。

越後獅子は毎年田植えの終わったことから秋にかけて、越後の月潟村《つきがたむら》からやって来る門付《かどづけ》芸人の獅子舞である。京、大坂では越後獅子、江戸では角兵衛獅子と呼んでいる。

頭に獅子頭《がしら》をかぶった市村咲之丞が三味線に合わせて足拍子を踏みながら左右に持った長い晒を振る。

打ち寄する打ち寄する　女波男波《めなみおなみ》の絶え間なく　逆巻く水の面白や　面白や

晒が生きもののように波打つ。師匠の杵屋吉右衛門《きちえもん》の唄声が高らかに轟き、立三味線《たてじゃみせん》は兄弟子の杵屋吉次郎《きちじろう》、それに矢内栄次郎の脇《わき》三味線、そして笛や太鼓が見事に絡み合って激しくも美しい伴奏を奏《かな》でていた。

満員の観客が固唾《かたず》をのんで舞台に魅入っているうちに、やがて柝《き》が入り舞台は幕を閉じた。怒濤のような拍手が鳴りやまぬ中、栄次郎は三味線を抱えたまま大きく息を吐いた。

栄次郎は杵屋吉栄という名取名《なとりな》を持っていた。御家人《ごけにん》の次男坊だが、武士であるという気取りはない。すらりとした立ち姿にほんのりとした色気が漂い、役者と間違われそうな顔だちだ。だが、役者にはない気品がある。

師匠の吉右衛門に乞われ、いっしょに舞台に立つことは多い。

地方がそれぞれ立ち上がった。隣の兄弟子吉次郎も腰を浮かせた。この吉次郎も武士である。

師匠の吉右衛門に続いて吉次郎とともに楽屋に引き上げると、座元の助三郎《すけさぶろう》がやって来た。

「鳥越の師匠。ご贔屓《ひいき》さんのお招きなんです。吉次郎さんと吉栄さんもぜひごいっしょにと」

「誰だえ？」

袴の紐に手をかけて、吉右衛門はきく。

「へえ。市ヶ谷の『百扇堂』という小間物屋のお嬢さまだそうです」

「『百扇堂』？」

吉右衛門がきき返した。

『百扇堂』は高級な小間物を扱い、大店《おおだな》にも出入りをして繁盛している店だという。

「お忍びでいらっしゃっているようです」

「役者じゃなくて、私たちにですかえ」

黒の紋付袴から無地の着物に着替え、帯を結びながら吉右衛門は不思議そうに言った。

「はい。それは熱心に」

腰をおろしてから、

「せっかくのお誘いだ。お呼ばれするとしますか」

と、吉右衛門は吉次郎と栄次郎に顔を向けた。

「師匠、申し訳ございませんが、私は失礼させていただきます」

先に吉次郎が答えたので、栄次郎は断りづらくなった。

「吉栄さんはどうしますか」

師匠がきいた。

「はい。お供させていただきます」

どうも贔屓の客の招きというのは苦手だった。それなりに媚《こび》を売らないと、あからさまに不機嫌な顔になるからだ。女の客だと、よけいに鬱陶しい。

吉右衛門が他の弟子の差し出した湯呑みを摑んで口に運んだ。出来ることなら行きたくなかったが、今さら断ることは出来なかった。

栄次郎は着替えてから師匠が茶を呑み終えるのを待った。

「では、行くとしましょうか」

吉右衛門が腰を浮かせた。

栄次郎は刀掛けから差料《さしりょう》をとって腰に差し、衣装の入った風呂敷と三味線を持って小屋の裏口から出た。

近くの茶屋に入り、女中に差料と荷物を預け、女将《おかみ》に案内されて内庭の見える座敷に行った。

「長唄の杵屋師匠が参りました」

廊下から声をかけて、女将が襖を開けた。

床の間の前に二十二、三と思える女がいて、一段下がって島田髷の三十路《みそじ》を越した女が座っていた。

若いほうの女に見覚えがあった。桟敷《さじき》にいた女だ。最近、毎日のように来ている。贔屓の役者を招くのはわかるが、鳴り物の人間を呼ぶのは珍しい。

「ようこそいらっしゃいました。さあ、どうぞ」

年上の女が部屋に入って挨拶をしたふたりに声をかけた。

「失礼します」

吉右衛門が立ち上がり、指し示された場所に移動した。栄次郎が吉右衛門の横に座ろうとすると、その女が、

「吉栄さまはこちらに」

と、若い女の近くを示した。

栄次郎は吉右衛門の顔を見た。師匠は目顔で頷いたので、戸惑いながらも若い女のそばに向かった。

栄次郎の姿を若い女の視線が追った。

栄次郎が腰を下ろすのを待って、島田髷の女が口を開いた。

「ようこそお出でくださいました。こちらは市ヶ谷にあります小間物屋『百扇堂』のお嬢さまで、お染《そめ》さまと申します。私は介添えのお露《つゆ》と申します」

「今宵はお招きいただきありがとう存じます」

吉右衛門が礼を言う。

「見事な唄と三味線でした。とても、心にしみ入りました」

お染が細く軽やかな秋の虫の音《ね》のような声で言った。

「ありがとう存じます」

栄次郎は頭を下げた。

「さあ、ひとつ受けてくだされ」

お染が銚子をつまんだ。

商家の娘にしては場馴れしているような落ち着きがあった。もしかしたら、これまでは役者買いをしてきたのかもしれない。

まるで、栄次郎の顔色を読んだように、お露が言った。

「お嬢さまは半年前に、二年間の大奥の奉公を終えたばかり。大奥にいた頃、たびたびお芝居を観に来たそうでございます。さあ、吉栄さま。どうぞ、御酒《ごしゅ》を」

「申し訳ありません。私は不調法《ぶちょうほう》でして」

栄次郎は酒を呑めなかったが、最近では少し強くなったような気がする。しかし、あえて呑めないふうを装った。

「さいでございますか。杵屋師匠はいける口でございましょう」

お露は吉右衛門のほうに膝をずらした。

「いただきましょう」

吉右衛門は素直に盃を差し出す。

吉右衛門はきりりとした渋い顔だちで、決していい男ではないが、体全体から男の色気が滲み出ている。栄次郎は吉右衛門に長唄を習えば、あのように粋《いき》で色っぽい男になれるかもしれないと思って弟子入りをしたのだ。

盃を受ける形も様になっている。お露の熱い眼差しをさらりと受け流し、吉右衛門はゆったりとした姿勢で盃を口に運ぶ。

「吉栄さまはお侍さまなのですね」

お染が目を瞠《みは》るようにしてきいた。

「はい。しがない部屋住《へやずみ》ですが」

栄次郎は自嘲ぎみに答える。

「お侍さまで三味線を弾く方は多いのですか」

「はい、私の兄弟子も武士です」

兄弟子の吉次郎こと坂本東次郎《さかもととうじろう》も旗本の次男坊である。

武士の次男坊、三男坊などの部屋住は、お役に就けず、したがってすることがなく暇だけはある。余った時間に稽古事に励む者も多く、中には本職顔負けの者もいる。

「吉栄さんは、どうして杵屋の師匠に弟子入りをしたのですか」

「はじめてお見かけしたとき、師匠に男の色気を感じました。三味線をやれば、私も師匠のような男になれるかと思ったのです。師匠は長唄だけでなく浄瑠璃《じょうるり》もなさいます」

義太夫《ぎだゆう》、常磐津《ときわず》、清元《きよもと》などの「語りもの」と呼ばれる浄瑠璃と「唄もの」である長唄の両方を、吉右衛門師匠から習っているのだ。

「吉栄さんのほんとうの名はなんと言うのですか」

お染は無遠慮にきいてくる。

「矢内栄次郎です」

「矢内栄次郎さま。では、御家は兄上さまがお継ぎになるのでございますね」

「父はもう亡くなりましたので、今は兄が当主でございます」

矢内家の当主は兄栄之進《えいのしん》であり、御徒目付《おかちめつけ》の職にある。栄次郎は部屋住であるが、どこぞの家に養子に入り、武士として生きていこうとは思ってもいなかった。

半刻（一時間）ほど経ってから、吉右衛門は、

「そろそろ、引き上げねばなりませぬ」

と、切り出した。

「えっ、もうお帰りに？」

お染は落胆の色を見せたが、お露はお染をなだめるように、

「お嬢さまもそろそろお帰りになりませぬと。大旦那さまに叱られるといけませぬ」

と、静かに言った。

「そうですね」

お染は聞き分けよく応じた。

「一度、私どもの別荘にお出でいただき、三味線を聞かせていただけませぬでしょう

か」

お露が吉右衛門に顔を向けて言った。

「わかりました」

吉右衛門が応じた。

「吉栄さんもどうぞ」

「はい」

栄次郎は素直に頭を下げた。

お露は吉右衛門に祝儀を渡した。


茶屋の外に出た。吉右衛門は自分の三味線を抱えて駕籠《かご》に乗った。内弟子の若い男が栄次郎の三味線を持って駕籠脇について、元鳥越の師匠の家に向かった。三味線は師匠の家で預かってもらうのだ。

本来なら栄次郎は三味線を持って浅草黒船町《くろふねちょう》にあるお秋《あき》の家に寄り、三味線を預けて帰るのだが、遅い時間になったので、内弟子の好意に甘えたのだ。

師匠を乗せた駕籠が出発してから、栄次郎は歩き出した。

本町通りから日本橋の大通りを神田須田町《すだちょう》に向かった。栄次郎は自分をつけている人間がいることに気づいた。

須田町を過ぎ、八辻ヶ原《やつじがはら》を突っ切って筋違橋《すじかいばし》を渡った。影はついて来る。橋を渡り、神田川沿いを北に本郷に向かう。

栄次郎はさりげなく背後を窺い、筋違橋を渡って来るひと影を見た。そのとたん、おやっと思った。

小首を傾げ、栄次郎は先に進む。昌平坂《しょうへいざか》を上がり、本郷通りに入った。もう一度、背後を窺った。

やはり、そこには女の影があるだけだった。

まさかと思っていたが、もはや間違いなかった。つけてきたのは女だ。だが、身を隠そうというつもりはないらしく、姿をそのまま晒している。暗いので、はっきりと顔はわからないが、若い女だ。

つけられていると思ったのは勘違いだったのかもしれない。夜道の女のひとり歩きが心細く、たまたま行き先がいっしょだったので、なるたけ離れないように歩いて来た。そう考え直した。

本郷四丁目の角を曲がり、武家地に入った。

屋敷の冠木《かぶき》門の前で、振り返った。暗がりに女の影が立っていた。ずっとついて来た女に違いない。ここまで行き先がいっしょということは考えられない。声をかけようかと迷っていると、ふいに女は踵《きびす》を返した。

すたすたと去って行く女が角を曲がって姿が消えたのを確かめてから、栄次郎は屋敷に入った。


翌朝、栄次郎は刀を持って庭に出て、薪小屋の横にある枝垂《しだ》れ柳のそばに立った。

ここで、素振りをするのが日課だった。

どんなに前の夜の帰宅がおそくとも、栄次郎は早暁には起きて、顔を洗ったあと庭に出るのだった。

子どものときから田宮流居合術の道場に通い、二十歳を過ぎた頃には師範にも勝《まさ》る技量を身につけていた。三味線を弾くようになってからも、剣の精進は怠らなかった。

自然体で立ち、柳の木を見つめる。栄次郎は深呼吸をし、心気を整えた。あるかなしかの微風に、小枝が少し揺れた。

栄次郎は居合腰になって膝を曲げたときには、左手で鯉口《こいぐち》を切り、右手を柄《つか》にかけており、右足を踏み込んで伸び上がるようにして抜刀した。

小枝の寸前で切っ先を止める。さっと刀を引き、頭上で刀をまわして鞘に納めた。

再び、自然体で立つ。そして、同じことを何度も繰り返す。しかし、無闇に反復しているわけではない。風の具合、葉の揺れ動きに応じて、その都度《つど》、抜刀に工夫を加えているのだ。

半刻（一時間）経ち、額から汗が滴《したた》ってくる。さらに、四半刻（三十分）後に、栄次郎は大きく深呼吸をして素振りを終えた。

井戸端に行き、体を拭いた。諸肌《もろ》を脱いだ栄次郎の体は、外見からはわからないたくましい筋肉で引き締まっている。

部屋に戻ると、女中が朝餉《あさげ》の支度が整ったことを知らせに来た。襖を開けると、向かいの部屋からちょうど兄の栄之進も出て来た。

「兄上。おはようございます」

兄は厳《いかめ》しい顔つきで微かに顎を引いて応えた。

食事の間も、ほとんど兄は口をきかない。機嫌が悪いわけではなく、そのような性分なのだ。それに、そばに母上が控えているので、兄らしい威厳を保とうと努《つと》めているのだ。

栄次郎ももくもくと飯を食べた。焼き魚にお新香、それに味噌汁というつもながらの取り合わせだ。

兄がときおり、ちらっと栄次郎のほうを見た。たぶん、話があるのだろうと察したが、その場では何も言わなかった。

朝餉を終え、まず兄上が部屋に下がった。栄次郎も母に挨拶をして、立ち上がった。

兄の部屋の前に立ち、声をかけた。

「兄上。よろしいでしょうか」

「入れ」

無愛想な声が聞こえた。

「失礼します」

襖を開けて、栄次郎は敷居を跨いだ。

兄は部屋の真ん中に座っていた。栄次郎がやって来るのを待っていたようだ。

栄次郎は兄の向かいに腰をおろした。

すると、待っていたように、

「栄次郎。じつは、ゆうべ深川に行った」

と、兄は切り出した。

深川とは、仲町《なかちょう》にある『一よし』という娼家のことだ。兄嫁が病死し、落ち込んでいる兄をなぐさめるために強引に『一よし』に誘ったのだ。

『一よし』は仲町の中では安女郎のいる娼家だが、そこにいる娼妓はみな気立てがよい。栄次郎の敵娼《あいかた》はおしまといい、美人ではないが、気性のさっぱりした女だった。その店に兄を連れて行ったところ、そこのおぎんという娼妓を気に入り、ひとりで通うようになった。

「『一よし』におさんという娼妓がいたのを覚えているか」

「ええ。覚えています。確か、まだ十九歳とあの店じゃ一番若い娼妓でした。おさんがどうかしたのですか」

「三日前に足抜けしたそうだ」

「足抜け？」

「うむ。その前に何度か遊びに来た留治《とめじ》という男と示し合わせて、お店から逃げ出したらしい」

「おさんが足抜けですか」

おさんはもの静かな娼妓だった。

「だが、おぎんは疑問を持っているのだ」

「どういうことですか」

「おさんのところにやって来る留治という男は棒手振《ぼてふ》りだ。おさんはあまり金を持っていそうもないから興味はないと言っていたそうだ。そんな男といっしょに逃げるわけはないと、おぎんは言うのだ」

兄はため息混じりに続けた。

「おぎんからおさんの行方を探してくれるように頼まれた。請け負ったときは、新八《しんぱち》に探させようと思ったのだが、私から命じると、新八に妙に思われそうだ。なぜ、娼妓のことに首を突っ込むのかと」

深川に通っていることは、新八も知らないことだ。

新八は相模《さがみ》の大金持ちの三男坊と称して杵屋吉右衛門に弟子入りをしているが、じつは盗っ人だった。武家屋敷への盗みに失敗して追手に追われたところを助けてやったことから、栄次郎は新八と親しくなった。

そして、盗っ人であることがばれて八丁堀から追われる身になったのを、兄が自分の手下にして助けたという経緯があった。

「栄次郎。そなたから、新八におさんのことを調べるように言ってくれぬか」

「わかりました」

「うむ。助かる」

兄の厳しい表情が綻《ほころ》んだ。

芝居小屋の仕事がなければ、栄次郎は自分で『一よし』に行っていろいろ調べてみるところだが、千秋楽までのあと五日間は自由に動きまわれなかった。

「それにしても、足抜けではないとしたら、どういうことなのでしょうか」

栄次郎は小首を傾げた。

「わからぬ。じつは、その男といっしょだったかもはっきりしないのだ。だが、おさんに入れ揚げている客は他にはいないという」

「妙な話ですね」

「そうだ。満更《まんざら》知らぬ娼妓でもない。なんとか、真相を突き止めたい」

「私も時間の許す限り、探してみます」

栄次郎はふと思い出して、

「兄上。じつは、昨夜、舞台がありまして、祝儀を頂戴いたしました。私には多いので、すみませんが兄上にとっていただきたいのですが」

そう言って、兄の尊厳を傷つけないようにしてから、栄次郎は一両小判を差し出した。

舞台の出演料ではなく、茶屋で会った『百扇堂』の娘からの祝儀であった。吉右衛門は茶屋の外に出たところで、半分寄越したのだ。

それでは多過ぎますと押し返したが、あの客は私より吉栄さんがお目当てのようでございましたと、吉右衛門は言い、栄次郎に半分を受け取らせたのだ。

「栄次郎。このような真似をするでない」

兄は不機嫌そうな顔で、小判に手を伸ばした。

「兄上。それでは、新八さんに伝えておきます」

栄次郎は立ち上がって部屋を出た。

朝の四つ（午前十時）になって、栄次郎は屋敷を出た。母に挨拶をしたが、何も言わなかった。

そのことが、なんだか薄気味悪くなくもない。

冠木門を出たところで、栄次郎はあっと叫んだ。斜め向かいにある屋敷の塀の前に女が立っていた。

昨夜の女だ。明るい場所で見る女はやはり若い。二十二、三歳に見えた。細面で、鼻の先が尖っている。美形のほうだ。心当たりはない。

栄次郎の姿を見ると、またも女は体の向きを変え、急ぎ足で去って行った。なんとなく、薄気味悪かった。

二

栄次郎は加賀前田家の上屋敷の脇から湯島の切通しを抜けた。

寛永寺《かんえいじ》の五重塔の上に白い雲がたなびき、不忍池《しのばずのいけ》の水面が陽光を受け、白く輝いていた。眼前には江戸の町並みが広がっている。高い建物や大きな屋根はほとんどが神社仏閣だ。毎日眺めている光景だが、季節や天候によっても、また栄次郎の心の有り様によっても違って見えるのが不思議だ。

今、栄次郎はなんとなく鬱陶しい気分になっていた。そのせいか、江戸の風景がくすんで見えた。

あの女のことが、屈託《くったく》をもたらしているのだ。きのうは芝居茶屋からつけてきたのに違いない。女ひとりで、夜道を栄次郎のあとをつけてくる。それだけでも異常なのに、今朝も屋敷の近くに立っていた。

途中、何度か背後を窺ったが、女はつけてきていないようだった。

何が目的なのか。そのことと併せて気にかかるのが、兄からきいた『一よし』のおさんのことだ。

三日前から行く方知れずになっているという。店の主人らは、足抜けしたと思っているらしいが、栄次郎は信じられなかった。

栄次郎は湯島天神裏門坂通りから明神下に足を向けた。新八の住む長屋には本郷通りのほうが近いが、例の女が本郷通りに向かったようなので、そっちを避けたのだ。

明神下にやって来た。すぐ背後が神田明神の杜《もり》である長屋の路地を入った。新八の住まいは一番奥で、腰高障子に新八と書かれた千社札が貼られていた。

栄次郎は戸を開けて中に呼びかけた。

枕屏風《まくらびょうぶ》の向こうで、もそもそとして新八が起き上がって来た。

「あっ、栄次郎さん。どうも」

新八はあわててふとんを片づけた。

「起こしてしまいましたか」

「とんでもない。もう、起きなくちゃいけなかったんで、助かりました」

ふとんを部屋の角に片づけ、枕屏風で隠してから、

「すいません。上がって待っててくださいますか。厠《かわや》へ行って、それから顔を洗って来ます」

と、新八は狭い土間で栄次郎と入れ代わって外に出て行った。

栄次郎が部屋に上がって待っていると、新八がさっぱりした顔で戻って来た。

「すみません。お見苦しいところをお見せして」

新八は恐縮しながら栄次郎の前に座った。

「いえ。こっちこそもう少しあとでくればよかったと反省しています」

「お天道《てんと》さまが高く昇ったのに寝ている私がいけないんですよ。じつは、ゆうべ、つい知り合いのところで呑み過ぎましてね」

恥じ入るように、新八は頭の後ろに手をやった。

「女のひとですね」

栄次郎は新八の顔を見て察した。

「へえ、まあ」

新八は素直に答えた。

「誰かの妾だった女なんですが、旦那に死に別れ、寂しかったんでしょう。たまたま、池之端《いけのはた》の呑み屋で知り合いましてね。呑み屋を出てから、女の家で呑み直しってことに」

新八は小柄だが、鼻筋の通った端正な顔だちだから、女にもてるだろう。

「結構なことです」

「お恥ずかしい限りで」

また、新八は照れた。

「新八さん。朝飯は？　お腹が空いているでしょう」

「いえ。まだ、食欲が湧きません」

「そうですか」

「栄次郎さん、何か」

「ええ。お願いがあるんです」

「なんでしょう」

「じつは、深川に『一よし』という娼家があるんです。私は若い頃はそこに入り浸っていました。安いし、女のひとがよくしてくれるので、まるで自分の家のようにしていたんです」

「確か、『一よし』って、仲町では安く遊べる娼家ですね」

「ご存じなのですか」

「ええ。でも、栄次郎さんがそんな安い女郎屋に通い詰めだったとは驚きです。こういっちゃなんですが、お世辞にも器量のいい女はいないんじゃないですか」

「まあ、それは好みがあるでしょうが……。でも、そういうところの女のひとは心がきれいなんですよ。安らぐんです」

「そういうもんですかねえ」

新八は小首を傾げた。

だから、兄もそこに通っていると、つい口に出しそうになった。

「その『一よし』におさんという娼妓がおります。そのおさんが三日前から行き方知れずになっているそうなんです」

「行き方知れずですか」

「お店の主人は、最近、何度か遊びに来た男と示し合わせて逃げ出したのではないかと思っているんです。でも、そんな形跡はなかったそうです」

栄次郎は今の状況を話し、

「そのことを調べてもらえませんか。兄上には、新八さんの手を借りたいと断ってあります」

「わかりました。やってみましょう」

新八は快く請け合った。

「お願いします。私の敵娼はおしまという娼妓です。おしまさんから、事情を聞き出してください。私の名前を出せば、いろいろ便宜を図ってくれると思います」

「おしまさんですね。任してください」

新八は胸をぽんと叩いて言った。

「私のほうは千秋楽まで、あと五日。それが済んだら、私も手伝います」

「なあに、それまでには居所を見つけてみますよ。それより、栄次郎さんの人気も凄いですぜ。役者顔負けに、客席の若い女たちの熱い視線を浴びてますぜ」

「お客さんはみな、市村咲之丞を見ていたのですよ」

「そんなこと、ありませんぜ。あっしの前で見ていた女なぞ、踊りそっちのけで栄次郎さんを見つめ通しでしたぜ」

瞬間、つけてきた女を思い出した。あの女は芝居小屋の客だった可能性がある。

「栄次郎さん。どうか、なさいましたか」

新八が訝しげにきいた。

「いえ、なんでもありません」

栄次郎は腰を浮かせた。

「では、頼みました」

「はい。千秋楽までにもう一度、観に行かせてもらいます」

新八が栄次郎の背中に声をかけた。

栄次郎は御徒町《おかちまち》から三味線堀を通って鳥越神社の裏手にある吉右衛門師匠の家にやって来た。

預かってもらった三味線を受け取るためだ。

格子戸を開けると、土間に上物の草履があった。兄弟子の吉次郎が来ているようだった。きのうの内弟子が現れた。

「昨夜は三味線を預かっていただき、助かりました」

栄次郎は礼を言った。

「いえ。吉次郎さんもいらっしゃっております。さあ、どうぞ」

内弟子は上がるように勧めた。

居間兼稽古場に行くと、師匠と吉次郎が語らっていた。

「吉栄さん。さあ、こちらに」

吉右衛門が招いた。

「きのうはごくろうさまでした。あと五日、最後まで気を抜かずにお願いいたします」

吉右衛門は気を引き締めるように言った。

「はい」

栄次郎は下腹に力を入れて応じた。

「吉栄さん」

吉右衛門が改まった。

「きのうのお染さんというお方は、吉栄さんに熱を上げているようです。これからも、誘いがあるかもしれませぬ。少し、気をつけられたほうがよろしいでしょう」

「はあ」

栄次郎は戸惑い気味に答えた。

「吉栄どのは役者ばりのよい男ゆえ、これからはその手の女が大勢近づいて来ることだろうな」

吉次郎こと坂本東次郎がうらやましげに言う。

「そんなことはありません」

栄次郎は否定したが、吉次郎は真顔になって、

「いつも平土間《ひらどま》の女が踊りそっちのけで吉栄どのに熱い視線を送っている。あの女の目つきは尋常ではない。気をつけられよ」

新八が言っていた女と同一人物であろう。そして、きのうずっとあとをついてきて、

さらに今朝、屋敷の前にいた女に違いない。

胸が圧迫されるような不快感に襲われ、栄次郎は覚えず深呼吸をした。

確かに、芝居茶屋から本郷まで若い女がひとりであとをつけて来るのはまともではない。だが、それが吉次郎の言うような理由かどうかはわからない。

もっと他に目的があってのことかもしれない。いずれにしろ、何か厄介なことに巻き込まれそうな予感がした。

それから、しばらくして、栄次郎は三味線を持って、蔵前通りに出て浅草黒船町に向かった。

右手には浅草御蔵の米蔵が並んでいる。一番堀から八番堀までの入り堀に蔵が建っていて、一番堀を過ぎると、やがて黒船町になる。

お秋の家の土間に入ると、奥からお秋が飛び出して来た。

「まあ、栄次郎さん。ゆうべはどうしたんですか」

「すみません。遅くなったので、三味線を師匠のところで預かってもらったんです」

栄次郎は頭を下げた。

「心配したんですよ」

お秋はほっとしたように言った。

お秋は矢内家に年季奉公をしていた女だ。偶然に町中で再会したとき、お秋は囲われ者になっていた。旦那は同心支配掛かりの崎田孫兵衛《さきたまごべえ》という八丁堀与力だ。世間には母の違う妹と称しているらしい。

この家の二階の一部屋を、栄次郎は三味線の稽古のために借りている。

お秋の家で昼飯を食べ、栄次郎は芝居町へと向かった。

蔵前通りを今度は逆に辿り、浅草御門を抜けて浜町堀を越えて日本橋葺屋町『市村座』に着いた。

今、舞台は乞食坊主の法界坊で知られる『隅田川続俤《すみだがわごにちのおもかげ》』という演目がはじまったばかりである。

栄次郎は鳴り物の楽屋に入る。とば口に笛や太鼓の奏者がいて、杵屋吉右衛門一門は入って左手奥の場所をあてがわれていた。

まだ、誰も来ていない。刀掛けに差料を掛け、栄次郎は黒紋付に袴に着替えてから三味線の音締めを確かめた。

それから一刻（二時間）後、栄次郎は舞台の背後の壇上に地方のひとりとして並び、『越後獅子』を弾きはじめた。

栄次郎は平土間の客に目を向けた。薄暗くて顔をはっきり見ることは出来ないが、例の女は平土間にはいないようだ。きょうは来ていないのだ。ただ、桟敷席に『百扇堂』の娘のお染がいることには気づいた。

だが、栄次郎は撥を弾くことに心を奪われ、女のことはまったく忘れた。

さすが、当代一の踊り手である市村咲之丞はきょうも一枚歯の高下駄で長い晒を捌き、観客を圧倒した。

晒す細布手にくるくると　晒す細布手にくるくると　いざや帰らん己が住家へ

幕が閉まり、楽屋に引き上げた。

すると、またも、座元の助三郎がやって来た。

「杵屋の師匠。またきょうも『百扇堂』のお染さまからのお誘いなのですが」

吉右衛門は微かに眉を寄せ、

「無下《むげ》にも出来ますまい。なれど、吉栄さんはどうしますか」

と、きいた。

「申し訳ございません。きょうはちょっと」

栄次郎は辞退した。

「そのほうがよろしいでしょう」

吉右衛門が言う。

「でも、師匠がおひとりで行くことになってしまいますが」

栄次郎は心配した。

「私がお供をしましょう」

吉次郎が申し出た。

「そうしていただくと助かります」

栄次郎はほっとして答えた。

栄次郎は着替えて、さっさと三味線と衣装を入れた風呂敷を持ち、役者目当ての贔屓客でごった返している中を通り抜け、小屋の裏口から外に出た。辺りはすっかり暗くなっていた。

栄次郎がつけられていることに気づいたのは浜町堀にさしかかったときだった。橋を渡ってから振り返ると、やはり女がついて来る。

栄次郎はその場に立ち止まった。だが、女も足を止めた。動こうとしない。ため息をつき、栄次郎は今度は足早になって歩きだした。

女はしっかりとついて来る。

やがて、浅草御門を抜けて神田川を越えて蔵前通りに入った。女はついて来る。鳥越橋の手前で、栄次郎は立ち止まって振り向いた。

女も足を止めた。

栄次郎は女のほうに向かった。女は小走りに逃げだした。栄次郎は戸惑った。女を追う形になった。

諦めて、栄次郎は引き返した。そのまま、黒船町のお秋の家に向かった。やはり、女はついて来た。

黒船町に入り、蔵前通りから大川のほうに路地を入る。しばらくして、お秋の家に辿り着く。

女の視線を意識しながら、栄次郎はお秋の家に入った。

「お帰りなさい」

お秋がうれしそうに迎えた。

足を濯《そそ》ぎ、栄次郎は二階に上がった。そして、すぐ窓辺に立った。外を見ると、暗がりに女の姿がおぼろに見えた。

「栄次郎さん、何を見ているんですか」

背後からお秋がきいた。

「なんでもありません」

栄次郎は窓辺から離れた。

「夕餉の支度が出来ていますよ。さあ、どうぞ」

お秋は呼びに来たのだ。

「すぐ行きます」

お秋がひと足先に階下に向かったあと、栄次郎はもう一度、窓の外を見た。女の姿はなかった。

栄次郎はほっとした。が、女の目的がわからないので、不気味だった。

階下に行くと、ちょうどお秋の旦那の崎田孫兵衛がやって来たところだった。

「栄次郎さん。来ていたのか」

少し、孫兵衛は不機嫌そうに顔を歪めた。

お秋が栄次郎のほうばかりに世話を焼くのが気に食わないのだ。

「今、芝居小屋に出ているそうだな」

孫兵衛は突慳貪《つっけんどん》にきいた。

「はい」

「武士ともあろうものが芸人風情《ふぜい》の真似事をするとはな。直参《じきさん》としての矜持《きょうじ》など持ち合わせていないものと思える」

厭味《いやみ》をもろにぶつけてきた。

反論するのも面倒なので、栄次郎は黙っていた。

「旦那。さあ、一本つけましたからこっちへ」

「よし、栄次郎どの、いっしょに呑もうではないか」

「いえ。私はすぐに帰らなければならないので」

栄次郎は、からまれそうなのを警戒して言った。

「ふん。俺とでは呑めぬか」

孫兵衛は吐き捨てるように言った。どうやら、きょうは機嫌が悪い。

「栄次郎さんは明日も舞台があるからお酒を呑めないんですよ。夕餉をとり終えたら、すぐにお帰りになるんです。ですから、こっちで」

お秋は栄次郎の膳を台所に用意した。

「では、今度はつきあってもらう。よいな」

いつも以上に、孫兵衛は最初からからんできた。どうやら、すでに酒が入っているようだ。どこかで呑んで来たのだ。

栄次郎は台所の板の間で夕飯を食べた。その間、お秋が孫兵衛の相手をしていた。

夕餉が済んで、栄次郎はお秋の家を引き上げた。

「ごめんなさい。どこかで呑んで来たらしく、お酒が入っていたのよ。だから、最初からからんでいたの。ほんとうに、ごめんなさいね」

「わかっています。じゃあ、ごちそうさまでした」

お秋に別れを言い、栄次郎はおそるおそる外に出た。辺りを見まわした。女の姿はなかった。

安心して、栄次郎は歩きだした。

だが、いくらも歩かないうちに背後に何かを感じて振り返ると、どこに隠れていたのか女がついてきていた。

栄次郎が立ち止まると、向こうも足を止める。女のほうに行きかけると、女は逃げる。追い掛ければ追いつけるだろうが、万が一、女が悲鳴を上げたらどうなるのか。栄次郎が女を襲ったように、他人から思われかねない。第一、女がずっとあとをつけてくるなどと説明しても、他人はわかってくれないだろう。

始末悪かった。こうなったら、逃げるしかない。栄次郎は一目散に駆けた。三味線堀のほうに足を向け、さらに御徒町の武家屋敷地を抜けた。

ようやく、女を撒《ま》くことが出来た。しかし、どこに住んでいるのかわからないが、夜道を女がひとりで帰るのは危険だ。そのことが心配になって、栄次郎は引き返した。

さっきの場所まで戻ったが、女はいない。辺りを歩きまわったが、女を見つけることは出来なかった。

ため息をつき、栄次郎は湯島の切通しを通って本郷に抜けた。

屋敷に帰り着き、門を入ろうとしたとき、栄次郎はふとひとに見られている気配を感じた。さっと振り返ると、少し離れた場所の暗がりに女が立っていた。

女はさっと踵を返した。栄次郎は息を呑んだまま、立ちすくんでいた。

三

翌日の夜、芝居を跳ねたあと女は現れなかった。その翌日も現れなくなり、その後も何事もなく過ぎ、『市村座』の千秋楽が無事に終わった。

ただ、千秋楽には『百扇堂』のお染も、例の尾行している女とおぼしき客も平土間にいた。

しかし、その夜は、女があとをつけてくることはなかった。どうやら、一時的なことだったようだと、栄次郎は安心した。

その翌日の朝の四つ（十時）過ぎに、栄次郎は鳥越神社裏手にある師匠の家に挨拶に伺った。

「このたびはまことにありがとうございました」

舞台に立てたのも、師匠吉右衛門の引き立てのおかげであり、栄次郎は感謝の念を述べた。

「いや。こちらこそ、鼻が高かったですよ。師匠のところには、あんなに優れた弾き手がいてうらやましいとね」

吉右衛門も満足そうに言ってから、

「そうそう、今度、札差の大和屋《やまとや》さんが向島の新梅屋敷で月見の宴を開くそうだ。お招きいただいたのですが、ごいっしょしていただけますか」

「はい。喜んで」

豪商である札差の大和屋庄左衛門《しょうざえもん》は自分の屋敷に舞台を設《しつら》えているほどの芝居好きで、月に一度は素人芝居を楽しんでいる。栄次郎も一度招かれて、『京鹿子娘道成寺《きょうかのこむすめどうじょうじ》』を弾いたことがあった。

「それから、大和屋さんは新内《しんない》語りを呼びたいというのです。どなたか名人を知らないかときかれ、春蝶《しゅんちょう》さんを思い出したのです。春蝶さんに声をかけていただけませんか」

「わかりました。春蝶さんならご満足いただけると思います」

春蝶は元は富士松《ふじまつ》春蝶と名乗っていたが、破天荒な性格が災いして師匠の蝶丸《ちょうまる》から破門された。

だが、紆余曲折《うよきょくせつ》を経て、今は破門が解けている。

かなりな年配だが、さんざん浮名を流してきた男の色気と、辛酸をなめてきたことからくる哀感があり、その語りには人生が滲み出ている。

春蝶の新内を、江戸の風流人たちに聞いてもらう機会を得たことは、栄次郎にとっても喜びであった。

「では、私はこれで失礼させていただきます」

栄次郎は頃合いを見計らってお暇《いとま》を口にした。

「あっ、吉栄さん」

吉右衛門が思い出したように口にした。

「『百扇堂』のお染さんは、吉栄さんにだいぶ逆上《のぼ》せているようです。今後、何かと近づいてきましょう。くれぐれも、お気をつけて」

「わかりました」

栄次郎は立ち上がった。

昼過ぎに、栄次郎は浅草黒船町にあるお秋の家に向かった。

そこで、新八と会うことになっているのだ。

お秋の家に着くと、すでに新八は来ていて、二階の小部屋で待っていた。

「遅くなりました」

栄次郎は久しぶりに新八に会った。

「栄次郎さん。面目《めんぼく》ありません。まだ、『一よし』のおさんの行方はわかりません」

「そうですか」

「じつは、先日、おさんを足抜けさせたと疑われていた留治が店にやって来たそうです」

「えっ、留治が?」

「へえ。留治も、おさんがいなくなってびっくりしていたそうです」

「つまり、足抜けではないことははっきりしたんですね」

「そうです。『一よし』の女将も足抜けには疑問を持っていたようです。おさんは親の形見の簪《かんざし》を部屋に残したままだったそうです。足抜けだったら、その簪を持って行くはずだと女将は言っていました」

「なるほど。そうでしょうね」

「それより、妙なことがありました。おさんがいなくなった直後、垂れをかけた駕籠《かご》が去って行くのが目撃されているんです。その駕籠の後ろから遊び人ふうの男がついて行ったそうです」

「辻駕籠？　まさか」

「ええ。戸口で客の呼び込みをしているときに、いきなりふたり掛かりで襲われ、縛られ、猿ぐつわをかまされ、駕籠に押し込められたんじゃないでしょうか」

「その留吉という男にあやしいところはないんですか」

栄次郎は確かめた。

「ええ、それは大丈夫です。留吉に会って来ましたが、北森下の裏長屋に住んでました。長屋の住人の評判は悪くありませんでした」

「すると、駕籠で連れ去られた可能性が高いですね」

「ええ。だが、誰が何のためにやったのか、皆目見当がつきません」

新八はしかめた顔を横に振った。

「ただ、足抜けではないことがわかったので、『一よし』の女将はお役人に訴えたそうです」

新八は申し訳なさそうに首をすくめ、

「お役に立てずに申し訳ありません」

と、小さくなった。

「新八さんの責任じゃありませんよ」

「へえ。それから」

新八が顔を上げた。

「おしまさんが、たまには顔を出してくださいとのことでした」

「わかりました。すっかり、ご無沙汰しているので、近々顔を出してみようと思っていたところです」

「そうしてやってください」

新八が気分を変えるようにして、

「ところで、栄次郎さん。お蝶《ちょう》さんのことなんですが」

と、切り出した。

「お蝶?」

栄次郎は問い返した。

「いやですぜ。あっしにまで隠し立てはいけませんよ」

新八は苦笑した。

「いや。隠し立てなんてしてませんよ。だって、『一よし』のおしまのことまで話しているじゃありませんか」

「えっ？　ほんとうに知らないんですかえ」

「ええ。お蝶って誰ですか」

目を見開き、新八はぽかんと口を開けていた。

「新八さん」

栄次郎が呼びかけると、新八はようやく我に返ったようで、

「じゃあ、あの女、あっしに嘘を……」

と、顔を歪めた。

「どういうことなのですか」

まさかと思って、栄次郎は胸騒ぎがした。

「じつは、きのうの千秋楽のあと、小屋を出たところでお蝶って女に声をかけられました。私は、栄次郎さんに可愛がっていただいている者ですって言うじゃありません

か」

「えっ、私が可愛がっているですって」

栄次郎はうろたえた。

「ええ。茅町《かやちょう》の不忍池のそばにふたりの家があるって話していました。最初は、信じられなかったんですが、栄次郎さんがこの家に来ていることも知っているし、本郷のお屋敷のことも知っている。それより、なかなかいい女なので、まんざらあり得ない話ではないと思ってしまったんです」

「そうですか。あの女に違いありません」

「心当たりはあるのですね」

「ええ。じつは、最近、芝居小屋からずっとあとをつけて来る女がいたのです。本郷の屋敷までついてきました。お秋さんの家にまで」

栄次郎はその女とのことを話した。

「追えば逃げるので、言葉を交わしたこともなければ、相手の名も、どんな目的なのかもわかりません。でも、ここ数日、何事もなかったので安心していたのですが……」

「弱りました」

新八が頭に手をやった。

「どうしましたか」

「へえ。じつは、お蝶という女からこれを預かってきたんです」

新八は懐から革の財布を取り出した。

「これを栄次郎さんに渡して欲しいと」

「これを」

栄次郎は目を瞠った。

オランダから入って来た牛革で、牡丹の模様が入っている。ひと目で高価なものとわかる代物《しろもの》だ。

「栄次郎さんに頼まれたものだから、渡して欲しいと」

「私は知りません」

栄次郎は憤然として言った。

「一杯食わされました」

新八は苦い顔をしたが、すぐやりきれないように続けた。

「でも、これは栄次郎さんのために買い求めたものですね。栄次郎さんの歓心をかおうとしたのでしょう。でも、直に渡せないので、あっしを使ったってことです」

「どうしたらいいんでしょうか」

栄次郎は困惑した。

「あっしが突っ返してきましょう。ちょっと、可哀そうですが」

「そうですね」

栄次郎は迷った。

そこに、障子が開いて、お秋が顔を出した。

「新八さんも夕飯をごいっしょしますか」

「へえ。すいません。でも、旦那は？」

新八は崎田孫兵衛のことをきいた。

「きょうは来ないと思うけど」

お秋は自信なさそうに言った。

「それなら、ご馳走になります」

今は御徒目付の兄の手先となっているが、もとは盗っ人だから八丁堀与力を避けたいのだ。だが、それ以上に崎田孫兵衛が苦手なのだ。

「わかりました。支度しますね。あら」

そう言ったあと、お秋が財布に目にとめた。

「素敵な財布。新八さんの？」

「いえ、違います」

「じゃあ、栄次郎さんの？」

「それが……」

栄次郎は返答に困った。

「栄次郎さんの贔屓の女からの贈り物です」

新八が言うと、お秋が顔色を変えた。

「まあ、栄次郎さんに色目を使って来る女がいるんですか」

「いえ、どういう腹積もりかわからないんです。ずっと、あとをつけて来て」

栄次郎はお秋にも、その女の話をした。

お秋は呆れたようにきいていた。

「しばらく姿を見せないと思っていたら千秋楽のきのう芝居小屋に来ていて、新八さんにこれを預けたそうです」

「いくらなんでも、その女、おかしいわ」

お秋は侮蔑するように言った。

「ええ。確かにおかしい」

新八も頷く。

「あとをつけるのも異常だけど、こんな高価なものを一方的に押しつけるなんて……。それにしても、こんな立派なもの。あら」

お秋が財布を手にして小さく叫んだ。

「どうしました？」

栄次郎は眉根を寄せたお秋の顔を見た。

「ええ。ところどころに汚れが目立つわ。これ、ひょっとして、誰かがしばらく使っていたものじゃないかしら」

「えっ。他人が使ったものを栄次郎さんに贈ろうとしたってことですかえ」

新八も心外そうに財布を手にとった。

「なるほど。言われてみれば、微かに汚れがありますね」

そう言い、新八は財布を栄次郎に寄越した。

栄次郎も改めて財布を検《あらた》めた。確かに、ひとが使った痕跡が身受けられる。

「ふざけた女ですね。叩き返してきます」

新八が憤って言った。

「私もいっしょしましょう。どういう料簡なのか、質《ただ》したいのです」

栄次郎は不快だった。

「では、これから行ってみませんか」

新八が気がせいたように言う。

「ええ、行きましょう」

栄次郎は立ち上がった。

「あら、これから？　夕餉の時間までに帰ってこられますか」

お秋が心配そうな顔をした。

「だいじょうぶですよ。不忍池のそばですから」

新八が言ったが、栄次郎は先方ですんなり話がつかなかった場合のことを考え、場合によっては帰ってこれないかもしれないと思った。だが、お秋の顔を見たら、そんなことは口に出せそうになかった。

四

それから半刻（一時間）後、栄次郎と新八は池之端仲町から茅町にやって来た。小商いの店が並ぶ通りから路地に入る。

目の前に不忍池が現れた。蓮の葉の隙間から鴨が泳ぎ、池の真ん中にある弁天島にひとの姿がたくさん見えた。

池の畔《ほとり》には料理屋や出合茶屋が並んでいる。

「この辺りなんですがねえ」

新八が辺りをきょときょろ見まわしながら歩きまわっていた。

「あっ、あそこかもしれませんぜ」

新八が黒板塀に囲まれた格子造りの家を見つけた。塀の内側には松の樹が枝を伸ばし、いかにも妾宅らしき小粋な家だ。

新八がその家に向かった。栄次郎もいっしょに戸口に立った。

格子戸を開けると香《こう》の香《かお》りが漂って来た。

「ごめんください」

新八が奥に呼びかけた。

すぐに応答はなかった。もう一度、新八が呼びかけようとしたとき、ようやく薄暗い奥からひと影が現れた。

「どちらさまでしょうか」

腰の曲がった老婆だ。

「こちらはお蝶さんのお家でございましょうか」

「はい。さようで」

「お蝶さんはいらっしゃいますか」

「いえ。朝出かけたまま、まだ帰って来ません」

「そうですか」

新八は、どうするかと栄次郎に目顔できいた。

「いつ頃、帰るかわかりますか」

栄次郎が訊ねた。

「いえ、わかりません」

「そうですか」

ふと、栄次郎は思いついて老婆に訊ねた。

「ここにはお蝶さんの他に誰が住んでいるんですか」

「私とふたりだけです」

「あなたは？」

「私は住み込みの賄《まかな》いでございます」

「ふたりだけですか」

「あとは、ときたま旦那さまが参ります」

「旦那というのは？」

　新八がすかさずきいた。

「はい。神楽坂《かぐらざか》にある『豊島屋《としまや》』という菓子屋の旦那さまでございます」

「そうですか」

「お蝶さんはよく芝居に行きましたか」

「はい。旦那さまが来ない日はしょっちゅう出かけておりました」

「きのうも？」

「はい。お出かけでございました」

「わかりました。では、夕方にもう一度寄せてもらいます」

　栄次郎は老婆に断り、外に出た。

「やはり、お蝶は囲われ者なんですね。だから、暇と金があるわけですよ」

　新八が合点してから、

「夕方まで一刻（二時間）ほどありますね。どこで暇を潰しましょうか」

　と、顎に手をやった。

「そうですね」

栄次郎はふと思いついて、

「そうだ。春蝶さんのところに行く用があったんです。ついでだから、今から行ってみようと思うんですが」

「わかりました。私もお供をします」

「ありがとう」

「確か、春蝶さんは団子坂《だんござか》のほうでしたね？」

「いえ。引っ越して、今は下谷《したや》坂本町にいます。吉原に近いし、それより、弟子がふたりもいますから、少し広い家でないと」

ひとりは新内の大師匠富士松蝶丸が料理屋の女中に産ませた惣吉《そうきち》という男で新内語りの弟子に、もうひとりは福助《ふくすけ》という十代の男で都々逸《どどいつ》を仕込んでいる。

栄次郎と新八は山下を過ぎ、坂本町一丁目にやって来た。

長屋の木戸をくぐり、路地を入る。奥から二番目が春蝶の住いで、その向こう側に、惣吉と福助が住んでいた。

栄次郎は春蝶の住いの腰高障子を開けた。

春蝶が惣吉に手伝わせ、白い小紋の着物に着替えていた。帯を結び終えるのを待ってから、

「春蝶さん」

と、栄次郎は声をかけた。

「これは栄次郎さん。さあ、どうぞ」

春蝶は顔を綻ばせた。

やせて顔も皺が目立つ。かなりな歳のはずだが、立居振舞《たちふるまい》に色気がある。

「どうも、いらっしゃいまし」

惣吉が挨拶をする。

「どうです、修行のほうは?」

「はい。かなり厳しいです」

惣吉は笑みを浮かべた。

惣吉は急いで、春蝶の脱いだ着物を畳み、場所を空けた。

「どうぞ」

「すぐ引き上げますから」

栄次郎はすぐに言う。

「お茶ぐらい呑んでいってください。じつは、うまいお茶をいただいたんですよ」

春蝶が栄次郎に上がるように勧めた。この長屋は八畳の広さがあり、今まで住んでいたところより、建物自体も新しい。

破門が解けて、春蝶は吉原で流すことが出来るようになり、実入りは少しはよくなったのだろう。

「さあ、新八さんも遠慮はなしだ」

「へえ、ありがとうございます」

新八も頭を下げた。

長火鉢で鉄瓶が湯気を立てていた。惣吉が土瓶に茶をいれ、煮立っている湯を注いだ。

「春蝶さん。じつは、来月、向島の新梅屋敷で、札差の大和屋さんが虫聞きの会を催すそうです。そこで、春蝶さんにひとつ語っていただけないかと思いまして」

「栄次郎さんの頼みなら、どこへでも行きましょう」

「そうですか。助かります」

「どうぞ」

惣吉が湯呑みを栄次郎と新八の前に差し出した。

「いただきます」

栄次郎は湯呑みを持った。いい香りだ。一口すする。苦みがあって、喉元を心地好く通って行く。

「うまい」

新八が覚えず声に出した。

「宇治茶です。お客さんにいただいたんです」

「ええ、おいしい」

「伏見の酒もいただいたんですが、そっちのほうもよかったら」

「いや。昼間からはいただけません」

栄次郎は断った。

春蝶が吉原で活躍していることがよくわかり、栄次郎は喜んだ。

「春蝶さん、お出かけの時間では？」

すでに着替えているのだから、出かける時刻のはずだと、栄次郎は思った。

「ええ、でも、まだだいじょうぶですよ」

春蝶は時間を気にしながら答えた。

「惣吉さんも支度があるでしょうから」

栄次郎は腰を浮かせた。

「じゃあ、春蝶さん。新梅屋敷ではよろしくお願いいたします」

「わざわざ、すいません」

春蝶は辞儀をした。

長屋を出てから、

「あの歳で、あんなに色気があるんですね」

と、新八が感心して言う。

「そうです。やはり、一芸に秀でたひとは違います」

「いえいえ、栄次郎さんだって、若いのになかなかのものですぜ」

「とんでもない。私など、まだまだ」

来た道を逆に辿り、ふたりは山下から不忍池に向かった。

再び、茅町のお蝶の家にやって来たが、賄いの老婆が困惑した顔で、

「まだ、お戻りじゃありません」

と、告げた。

「まだ、ですか」

栄次郎はふと不安になった。

「どちらへ行ったのか、まったく心当たりはないのですか」

「はい。なにしろ、栄次郎さまのお使いの方がいらっしゃって、喜んで出て行きまし

たから」

「栄次郎さま？」

新八が素っ頓狂な声を出した。

「はい。栄次郎さまとおっしゃいました。そうそう、確か栄次郎さまです。外に駕籠が待たせてありました」

「婆さん。使いっていうのはどんな男だった？」

「目つきの鋭い若い男でございました。何かあったんでございましょうか」

老婆は不安そうな顔になった。

「婆さん、こちらの方《かた》が栄次郎さんだ」

新八が言うと、老婆は目を剝いて、

「あなたさまが……。じゃあ、使いの者というのは？」

「同じ名の人間か、あるいは名を騙《かた》ったか」

「まあ」

老婆は口を半開きにした。

「ともかく、夜まで待ってみましょう。あとで、また様子を見に来ます」

栄次郎はそう言い残し、外に出た。

「栄次郎さん。どうなっているんでしょうか」

「私の名を騙《かた》って呼び出したのか、それとも他のたまたま栄次郎という男がいたのか。ともかく、夜まで待ちましょう」

「わかりました」

「じゃあ、お秋さんのところに行きましょうか」

「そうですね。ちょっといやな予感がしますが、ともかく行ってみましょう」

お秋の旦那の崎田孫兵衛が来ているような予感がしたらしい。そう言われると、栄次郎もなんとなくそんな感じがしてきた。

御徒町の武家地を突っ切って新堀川にさしかかった頃には暮六つ（午後六時）の鐘が鳴り終え、すっかり夜の帳《とばり》が下りていた。

呑み屋の提灯や軒行灯の明かりが輝きを増してきた。

お秋の家に着くと、新八が尻込みをして言った。

「栄次郎さん。先に様子を見に行ってくれませんか。あっしのこういう勘はよく当たるんですよ」

「わかりました。もし、崎田さまが来ていたらどうしますか」

「もちろん、このまま引き上げます」

「まあ、ちょっと見てきましょう」

栄次郎が戸を開けて土間に入ると、お秋が飛んで来て、

「来ているのよ」

と、小声で言った。

「やっぱり」

栄次郎は新八の勘が見事に当たったことに驚いた。

「栄次郎さん。あっしは帰ります」

新八が背後から言う。

「じゃあ、私も」

栄次郎が踵を返そうとすると、お秋が引き止めた。

「栄次郎さんはだめ。だって、旦那はきょうは栄次郎さんと呑むのだといってきかないんです。来るかどうかわからないというと、それでは呼んで来いって。ねえ、お願い。栄次郎さんは残って」

「困りました」

「栄次郎さん。あっしのことなら気にしないでくださいな。どうせなら、茅町を見張っていますよ」

「そうですか。じゃあ、帰り、茅町に寄ってみます」

「新八さん。ごめんなさいね」

お秋が詫びる。

「なあに、あっしの我が儘で引き上げるだけですから。じゃあ、栄次郎さん。あとで」

新八は来た道を引き返した。

「じゃあ、栄次郎さん」

お秋が栄次郎を誘った。

居間に行くと、孫兵衛がすでに酒を呑んでいた。

「おう、待っていた。さあ、これへ」

孫兵衛は上機嫌だった。

「失礼します」

栄次郎は用意されていた膳の前に座った。

お秋が栄次郎の盃に酒を注いだ。

「先日は失礼しました」

「舞台は終わったようだな」

「はい」

「刀を三味線に持ち替えるのはどんな気持ちだ？」

孫兵衛が厭味を言った。

「三味線を弾くときはまさに真剣を構えたと同じでございます。舞台は戦場でございます。ひとつ、間違えれば、踊り手にも唄い手にも影響を与えて、ひいては味方の全滅を誘いましょう」

少し強引なこじつけかと思ったが、栄次郎は真顔で言いきった。

孫兵衛は、ふんと鼻で笑った。

「まあ、武士がそんな軽佻浮薄《けいちょうふはく》なことでどうするとは申すまい。これも、ご時世というものか」

「はあ」

あまり逆らわないほうがいいと考え、栄次郎は言い返さなかった。

「そなたのような三味線弾きにも女が押しかけるのか」

お蝶のことを言い出したのかと思って、栄次郎はどきっとした。

「それは人気役者でございましょう」

「役者目当てに、女が楽屋にも押しかけるそうではないか。女が役者を買い漁るとは嘆かわしいことだ」

　孫兵衛は盃を口から離して言った。

　確かに、役者は贔屓に呼ばれればどこへでも出かけて行く。あの後家はしつこくて敵わないと、卑猥な描写を交えて、贔屓に呼ばれた夜のことを話している大部屋の役者もいる。大部屋でも、そうなのだから、人気役者となれば、女が寄ってくるのだろう。

「まあ、芝居見物に行ったきり帰ってこないというのも、どこぞに、売れない役者としけ込んでいるのだろう。どうせ跳ねっ返りだろうよ」

　孫兵衛は侮蔑したように顔を歪めた。

「崎田さま。誰かが芝居見物に行ったきり帰ってこないと言うのですか」

　栄次郎は聞きとがめた。

「うむ?」

「今、芝居見物に行ったきり帰ってこないと仰《おつしや》いました」

「ああ、そのことか」

　孫兵衛が顔を歪めた。

「神田岩本町の炭問屋の娘のおなみが、きのう『市村座』を出たあと、姿が見えなくなったと女中が騒ぎだしたのだ」

　孫兵衛がお秋の酌を受けてから、

「帰り客でごった返した鼠木戸を出てところで、女中がおなみとはぐれたことに気づいたんだ。客がいなくなったあとも、おなみの姿はなかったという」

「で、おなみという娘はきょうも帰っていないのですか」

　栄次郎は確かめた。

「ああ。でも、今頃は帰って来ているかもしれぬ。どうせ、大部屋の役者と出合茶屋で過ごしたのだろう」

「おなみには、贔屓の役者がいたのですか」

「いや。芝居見物にうつつを抜かぬような女だから、相当すれっからしの娘に違いない。役者なら誰でもよかったのだろう」

　半ば、蔑《さげす》むように言った。

「だから、あまり目立たない役者とどこかへ行ってしまったんだ」

「そうでしょうか」

　栄次郎は、『一よし』のおさんのことを思い出した。行方不明になって、だいぶ経つ。いや、それより、お蝶のことも気になる。

「おなみは役者といっしょだという証拠はあったのですか」

「わからない」

「では、いなくなった役者は?」

「それはいない」

「だったら、いなくなったのは自分の意志ではないのではないですか」

栄次郎が少し強い口調になった。

「小屋で知り合った男とどこかに出かけた可能性があるのだ。見ていた者がいた」

孫兵衛は煩わしそうに言う。

「誰ですか」

「木戸番だ」

木戸番は小屋の入口で木戸銭を受け取るのだ。

「木戸番が言うには、おなみらしい女が遊び人ふうの男といっしょに東堀留川《ひがしほりどめがわ》を親父橋《おやじばし》のほうに向かったという」

「じゃあ、役者じゃないんですね」

「わからん」

「おなみがすれっからしだというのは、周囲の人間がそう言っているのですか。それとも、崎田さまのお考えですか」

「俺の考えだ」

「崎田さま。芝居見物をするのは決してふしだらなことではありません」

栄次郎はむきになった。

「まあ、言葉の綾《あや》だ。気にするな」

栄次郎の抗議に、孫兵衛は憮然としたように答えた。

「わかりました」

栄次郎は引き下がったが、

「もし、いまだに帰ってないとしたら……」

と、改めておなみのことを気にした。

「崎田さま。そのおなみの家は岩本町の炭問屋でしたね。屋号はわかりますか」

「『山木屋』だ」

「『山木屋』ですか」

「どうするつもりだ?」

孫兵衛が呆れたような顔をした。

「ちょっと気になるのです。すみません。これで、失礼します」

栄次郎は腰を浮かした。

「なんて奴だ」

背中に孫兵衛の吐き捨てる声を聞いて、栄次郎は土間に下りた。

お秋が追って来て、

「栄次郎さん、どうなっているのさ」

と、困惑げにきいた。

「急用を思い出したんです。崎田さまによしなに」

栄次郎は草履を履いて外に出て行った。

今頃、おなみは家に戻っているかもしれない。また、お蝶も帰っているかもしれない。それならそれでいいのだ。だが、お蝶には栄次郎の使いの者が来たという。そのことも気になる。

栄次郎は暗い蔵前通りを浅草御門方面に急いだ。何かが起きている。そんな気がしてならなかった。

森田町にある札差の『大和屋』の前を通る。今度、虫聞きの会がある。そのことにちらっと思いを馳せたが、すぐ心はおなみのことに向かった。

浅草橋を渡り、そのまま本町通りに入った。雲が月を隠し、辺りは暗い。ところどころに、自身番の提灯の明かりが浮かんで見える。

小伝馬町《こでんまちょう》の角を曲り、岩本町《いわもとちょう》にやって来た。商家は大戸を閉めていて、行き交うひとの姿もまばらだった。

左右に目をやり、『山木屋』の看板を探す。すると、左手の屋根に炭の文字が見て取れた。近づくと、看板に山木屋と書かれていた。

大戸は閉まっているが、潜り戸が開いて中の明かりが漏れていた。栄次郎がそこに近づいたとき、中から尻端折《しりはしょ》りをした四十年配の男が出て来た。岡っ引きの磯平《いそへい》だ。

「あっ、磯平親分」

「おや。確か、矢内さまでしたね。どうしてここに？」

磯平は敵意に満ちた目を向けた。

その目つきに戸惑いを覚えたが、

「おなみさんが見つかったのですか」

と磯平の問いかけに答える前に、栄次郎はおなみのことを訊《たず》ねた。

「どうして、そのことを知っているんですね」

磯平の大きな目が怪しむように光った。

「いえ、知りません。与力の崎田さまから聞いたんです。こちらのおなみという娘が帰っていないと」

「崎田さまから？」

　磯平が疑わしそうな目を向けた。

「矢内さまは、おなみをご存じなのですか」

「いえ、知りません。で、どうなんですか。戻って来たんですか」

　栄次郎はなんとなく会話がかみ合わないようないらだちを覚えながらきいた。

「まだです」

「まだ……」

　栄次郎は胸騒ぎを覚えた。

「家のひとは、誰も行き先に心当たりはないんですか」

「ありません。それより、矢内さまはどうして、おなみって娘のことを気にしているんですかえ」

「それは……」

　お蝶のことを口にしかけたが、まだ失踪と決まったわけではない。今頃は家に帰っているかもしれない。それに、お蝶との関係を説明するのも煩わしい。

「深川の『一よし』という娼家のおさんという女が行方不明になっているんです。そのことがあったので、気になったのです」

「『一よし』のこともご存じなんですね」

「ええ。『一よし』にはたまに行きますから」

「矢内さま。妙なことになりましたぜ」

磯平は皮肉そうに口許を歪めた。

「妙なこと?」

「『山木屋』のおなみは、栄次郎さまを贔屓にしていたそうじゃありませんか」

「えっ?」

栄次郎は耳を疑った。

「誰がそのようなことを?」

「『山木屋』の女中ですよ。おなみといっしょに『市村座』に行っています。その女中が、おなみは杵屋吉栄という三味線弾きに夢中になっていたと話していましたぜ」

「知りませんでした」

「『一よし』も矢内さまに関係ある。なんだか、矢内さまの周辺で何かが起こっているようですぜ」

磯平は鋭く栄次郎を睨んだ。

栄次郎はお蝶のことを考えた。これで、お蝶もかどわかされたとなると……。磯平の言うように、いなくなった三人の女にすべて栄次郎が絡んでいるということになる。

「しかし、『一よし』での私の敵娼はおさんではありません。おしまという女です。調べてもらえればわかります」

「そうですかえ。縄張りが違いますから、あっしが直には出来ませんが、調べるように話しておきましょう」

「じゃあ、私はこれで」

栄次郎が行こうとするのを、

「矢内さま。これから矢内さまにお聞きしなくてはならないことが出て来るかもしれません。そんとき、どちらに伺ったらよろしんですかえ」

磯平は不気味な目を向けた。

「黒船町のお秋さんの家にいることが多いので、そこにいらっしゃってください。与力の崎田孫兵衛さまの妹御の家です」

孫兵衛とお秋の関係を、磯平がほんとうに兄妹と信じているかどうかはわからない。だが、栄次郎はあえて表向きの関係を言った。

磯平と別れ、栄次郎は柳原通りを横切り、和泉橋《いずみばし》を渡った。そして、そのまま御徒町の武家地を抜け、下谷広小路に出てから池之端仲町にやって来た。不忍池の畔にある待合茶屋の明かりが池の水に映っている。

茅町に入り、新八を探した。すると、暗がりからひと影が現れた。新八だった。

「どうです?」

栄次郎はきいた。

「まだ、帰ってません。婆さんも途方に暮れています」

「そうですか」

栄次郎は深く息を吐いて、

「新八さん。今、岩本町にある炭問屋の『山木屋』に行って来たんです。じつは、そこのおなみという娘が一昨日『市村座』を出たあと行方が知れなくなっているんです」

栄次郎は、崎田孫兵衛から聞いたことから、岡っ引きの磯平と会ったことまでを話した。新八は口を半開きにして聞いていた。

「『一よし』のおさん、お蝶、おなみと三人の女が行方不明になっているんです。それも、男に誘われて」

「妙ですね」

新八がやっと口を開いた。

「同じ人間の仕業だとは軽々しく言えませんが、同じような時期に三人が同じように何者かに誘われ、そのまま行方不明になっているのは偶然とは思えません」

新八の言うとおり、栄次郎も偶然とは思えない。それに、磯平の言葉が気になる。

なんだか、矢内さまの周辺で何かが起こっているようですぜ、と磯平は言った。確かに、自分の身のまわりで何かが起きている。偶然か、それとも他に何か……。

「かどわかしだとしたら、いったい目的はなんでしょう」

新八が疑問を口にした。

「わかりません。ともかく、明日もう一日待って、ふたりが帰って来なかったら、かどわかしとみていいでしょう。ひょっとしたら、他にも行方不明になっている者がいるかもしれませんね。崎田さまに言って調べてもらいましょう」

そう言ったあとで、栄次郎は懐にしまいっぱなしの財布を取り出した。

「これは、ひょっとして、お蝶の旦那のものかもしれません。もし、明日になっても、お蝶が現れなかったら、旦那というひとに会ってみます」

「なんだか、とんでもないことになってきましたね」

「じゃあ、明日の朝、またここで会いましょう」

新八と別れ、栄次郎は本郷の屋敷に帰った。


翌朝、いつもより早めに屋敷を出て、栄次郎はお蝶の家にやって来た。

まだ、新八は来ていない。栄次郎はひとりでお蝶の家を訪ねた。

格子戸を開けて土間に入る。何度か呼びかけてから、ようやくこの前の老婆が出て来た。眠れないのか、憔悴しているようだ。

「ゆうべも帰らなかったんです」

老婆は泣きそうな顔で訴えた。

「こうなれば、自身番に訴えたほうがいいでしょう」

「はい」

そう言ったものの、老婆は腰が抜けたように動かない。動けないのかもしれない。

「私もいっしょに行きましょう」

栄次郎は老婆を力づけた。

「はい」

ようやく、老婆は立ち上がった。

老婆といっしょに自身番に向かいかけたとき、新八がやって来た。

「やっぱし、帰ってなかったんですね」

「ええ、これから、自身番に行くところです」

そう言ったあとで、やはり自分の周囲で不可解なことが起きているのだと、栄次郎は困惑するしかなかった。

老婆を自身番に送ってから、栄次郎は岩本町の炭問屋『山木屋』に向かった。

店は開いているが、なんとなく重たい空気に覆われているようだ。栄次郎は店から出て来た番頭ふうの男に、声をかけた。

「おなみさんは帰りましたか」

「えっ？」

番頭は警戒しながら、

「まだ、帰っていません。あなたさまは？」

と、訊ねた。

「矢内栄次郎と申します」

「矢内さまで。ひょっとして、三味線弾きの？」

「そうです」

栄次郎は答えた。

「心当たりの場所をすべて探しましたが、お嬢さまはどこにもいません。かどわかされたことに間違いないと思います」

「その件で、どこかから何か言ってきていませんか」

「いえ。何も」

「そうですか」

そのとき、小僧が呼びに来たので番頭は店に戻って行った。

栄次郎の名を騙ってかどわかすとは、いったいどんな目的があるのだと、栄次郎は胸がむかつくような焦燥感に襲われた。

第二章　かどわかし

一

栄次郎は翌朝、牛込肴町《うしごめさかなまち》にある菓子屋『豊島屋』にやって来た。

戸口の横に柳の木があり、小綺麗な店だった。店先にいた前垂れをつけた小僧に、大旦那にお会いしたいと取り次ぎを頼んだ。小僧は店に入り、番頭らしき恰幅《かっぷく》のよい男を連れて来た。

「どのようなご用件でございましょうか」

「失礼ですが番頭さんですか」

「はい。さようでございます」

「大旦那にじかにお会いして、少しお訊ねしたいことがあるのです」

女のことは店の者に隠しているかもしれず、栄次郎は迂闊《うかつ》なことは言えないと思った。

番頭は少し迷っていたが、

「少々、お待ちください」

と、店の奥に引っ込んだ。

すぐに出て来て、

「どうぞ」

と、栄次郎を招いた。

栄次郎は帳場の横にある小部屋に通された。待つほどのこともなく、三十半ばぐらいのきりりとした顔だちの男が入って来た。

「私は松右衛門《まつえもん》の伜の松太郎《まつたろう》と申します。父に御用だそうですが」

暗い表情だ。さっきからおかしいと思っていたので、栄次郎は確かめた。

「松右衛門どのに何か」

「はい。父は五日ほど前から行方が知れませぬ」

松太郎は沈んだ声で言った。

「なんですって。どういうことですか」

　栄次郎は不意打ちを食らったようにあわてた。

「じつは、父は知り合いのひとの法事で浅草六軒町《ろっけんちょう》にあるお寺に出かけました。ところが、そのまま、翌日になっても帰ってこないのです。知り合いに確かめたところ、夕方にはお寺を出たということでした」

「失礼ですが、茅町に住むお蝶という女をご存じですか」

「はい。父が世話をしている女でございます。その女の家に寄ったのではないかと確かめましたが、寄っていないということでした」

「で、お役人には？」

「届けてありますが、いまだに手掛かりはありませぬ」

　ふと、松太郎は今気がついたように、

「あの父に何か」

　と、改めてきいた。

「じつは、お蝶さんがきのうの朝、出かけたきり、帰っていないのです」

「えっ、お蝶さんが？」

「それと、これをご覧ください」

　栄次郎は財布を見せた。

「これに見覚えはありますか」

「これは父のものです。父がひと月ほど前に、本郷の腕のいい職人に作らせたものです。父の自慢のものです」

松太郎は不思議そうな顔をして、

「どうして、これを？」

と、きいた。

栄次郎は説明に困った。

「お蝶さんが持っていたのです。男物だったので、ひょっとしたらと思って確かめに来たのです」

「そうですか。父がお蝶さんに預けたのでしょうか。でも、男物ですし……」

松太郎は小首を傾げた。

「お蝶さんはどのようなひとなのですか」

栄次郎はきいた。

「雑司ヶ谷《ぞうしがや》の鬼子母神《きしもじん》門前にある料理屋の女中だったようです。三年前に父が気に入り、囲ったのです。間夫《まぶ》がいたのですが、父が金を出して別れさせたのです」

「その間夫というのはわかりますか」

「いえ」

「鬼子母神門前の何という料理屋かわかりますか」

「父はよく『橋本』に行っていたようです」

「『橋本』ですか」

そこの女将か朋輩《ほうばい》にきけば、間夫のことがわかるかもしれない。

その他、幾つか訊ねたが、手掛かりになるようなことはきけなかった。

「この財布ですが、私の知り合いがお蝶さんから預かったものなので、いちおうお蝶さんにお返ししたいと思います」

「わかりました」

松太郎は少し不満そうな顔をしたが、渋々承知した。


その日の夕方、栄次郎は深川の『一よし』にやって来た。

店は開いているが、土間に女たちの暇そうな姿が見えた。まだ行き交う客もまばらで、冷やかしの客も多い。

栄次郎が戸口に立つと、土間にいたおしまが一瞬にして目を輝かせた。

「栄次郎さん」

「やあ、しばらく」

栄次郎はおしまに腕をとられて二階に上がった。一番奥の部屋に連れて行かれ、部屋に入るなり、

「お久しぶり」

と、しがみついてきた。

「おや、珍しいですね。おしまさんが甘えて」

栄次郎はおしまの痩せた肩を抱いてきく。

年上で、器量は特にいいわけではなく、体も痩せている。だが、栄次郎はおしまの前だと落ち着くのだ。

「おさんさんの行方がまだわからないの」

おしまが不安そうに言った。

「そのことで、心細いんですね」

「ええ。だって、手掛かりが何もないの。あっ、ごめんなさい。座って。今、お酒を持ってくるわ。ちょっと待っててね」

おしまは弾んだ声で部屋を出て行った。

やはり、おさんの行方もさっぱりらしい。

梯子段をとんとんと上がって来る音がして、おしまが酒を手に戻って来た。

「さあ、どうぞ」

おしまが猪口を寄越し、徳利をつまんだ。

「ありがとう」

「栄次郎さん。『市村座』に出ていたのでしょう。私も観たかったわ。つくづく、こんな身が辛いと思ったわ」

「そうですか。私もおしまさんに観てもらいたかったな」

「うれしいわ。そう言っていただいて」

おしまが笑った。

「でも、栄次郎さん、すっかり立派になっちゃって。はじめてここに上がったとき、緊張して震えていたわ」

思い出したのか、くすっとおしまは笑った。

「私もまだ子どもでした」

栄次郎も懐かしく思い出した。

確か、道場の仲間といっしょに来たのだ。

「さあ、おしまさんも」

栄次郎は酒を注いでやる。

「久しぶりだわ。おさんさんが神隠しにあってから、なんだか元気が出ないの。私だけじゃないわ。おぎんさんもそう」

「そうらしいですね」

「平吉《へいきち》親分も調べてくれたんだけど……。ほんとうにどうしちゃったのかしら」

平吉はこの界隈を縄張りにしている岡っ引きである。

「おさんさんに間夫はいなかったのですか」

「いないわ。おさんさんは若いけど意外としっかりとしているのよ」

「おさんさんが誘《おび》き出されるとしたら、どんな口実を使ったんでしょうね」

お蝶は栄次郎の使いということで誘き出された。おなみも、遊び人ふうの男が何か口実を言って近づいたのに違いない。

かどわかした者はおさん、お蝶、おなみの三人のことを詳しく知っている人間ということになる。同じ人間の仕業だとしたら、三人と何らかの関わり合いがある者だ。

「ねえ、栄次郎さん。そばに行っていい？」

おしまは恥ずかしそうに言った。

「どうぞ」

栄次郎も微笑ましく言う。

おしまは体をずらして栄次郎のそばにきた。そして、栄次郎の肩に寄り掛かるようにした。

心が弱っているのだと、栄次郎は思った。

口には出さないが、すでにおさんはこの世にいないと思っているのではないか。その不安が、おしまの心を弱らせているのだ。


その夜、栄次郎は遅い時間に屋敷に帰った。

兄の部屋から明かりが漏れていた。まだ起きているようだ。

迷ったが、栄次郎は兄の部屋の前に行き、声をかけた。

「兄上。まだ、起きていらっしゃいますか」

「入れ」

中から声がした。

「失礼します」

栄次郎は襖を開け、部屋に入った。

兄は文机《ふづくえ》に向かって筆を動かしていた。栄次郎は少し離れたところに座り、兄の用事が済むのを待った。

さっき『一よし』を引き上げるとき、兄の敵娼であるおぎんに会った。おぎんも、おさんのことで心配していた。

筆を置く音が微かに聞こえ、兄が立ち上がってこっちにやって来た。

「おそくまでたいへんでございますね」

栄次郎はねぎらうように言った。

「うむ。御目付さまに頼まれた文案作りだ。当番所でやればよいのだが、気になってな」

そう答えてから、兄は口を閉ざして栄次郎を見た。用件を言えという催促だ。

「今夜、『一よし』に行って参りました。おさんの手掛かりはいまだにないようでございます」

栄次郎は重たい気持ちで続けた。

「おしまもおぎんも不安を隠せないようでした。おさんの身の安全を心配しており、落ち着かない様子でした」

「不思議だ。金目当てとも思えぬ。かどわかしの目的が皆目わからぬ」

兄は口許を歪めた。

「兄上。じつは、おさん以外にもふたりの女が同じような状況で姿を消しているのです」

「ふたりの女が？　それはまことか」

兄が身を乗り出さんばかりにしてきいた。

「はい。まず、神田岩本町の炭問屋『山木屋』の娘おなみが芝居の引けたあと、何者かに誘い出されてそのまま姿を晦《くら》ましてしまいました」

「…………」

「その次の日、茅町に住むお蝶という妾の女が、あろうことか私の名を騙った者に連れ出されたまま行方がわからなくなりました」

「栄次郎の？　どういうことだ？」

兄の目が鈍く光った。

「はあ」

栄次郎は思い切って口を開いた。

「じつは、お蝶というのは神楽坂にある菓子店『豊島屋』の大旦那松右衛門の世話になっている女ですが、どうやら私を……」

栄次郎は言いよどんだ。

「なんだ、栄次郎をどうしたんだ？」

「はい。わたしを贔屓にしてくれているようでして」

「なに、贔屓だと。そなたは、そんな女にちやほやされているのか」

兄はしかめっ面で言った。

「いえ、私はなんとも思っていません。ただ、私の三味線を好いてくれて」

「違う。そなたの三味線ではない。そなた自身をだ」

「いえ、それは……」

なんと答えてよいかわからず、栄次郎は黙った。

「そんなことはどうでもよい。で、かどわかしの者はそのことを知っていて、栄次郎の名を騙ってお蝶を誘き出したというのか」

「はい」

「もうひとりのおなみのほうは？」

「こちらはわかりません。ただ、贔屓の役者の名を騙って誘き出したのではないかと思われます」

「お蝶とおなみは芝居を観ていたという点が当てはまるが、おさんの場合は違うな」

兄は腕組みをして考え込んだ。

「兄上。もうひとつ妙な点があるのです」

「なんだ?」

「お蝶の旦那の松右衛門が五日前から行方が知れないんです」

「なんだと」

「知り合いの法事の帰り、そのまま姿を晦ましてしまったというのです」

「どうもわからんな」

「はい。他にも、表立ってないだけで、行方不明の人間がいるやもしれません」

「そうだな。奉行所のほうはどうなんだ?」

「まだ、手掛かりは摑んでいないと思います」

「おさんのことを皮切りに、とんだことになったものだ。いずれにしろ、自ら姿を消したのではないようだ。かどわかしだろうが、その後、何も言って来ないのも解せぬ。いったい、何が目的なのか」

兄は考え込んだ。時が経てば経つほど、連れ去られた者たちに身の安全が心配になる。

「栄次郎」

兄が厳しい顔で言った。

「新八とふたりでかどわかされた女たちを助けるのだ。何か、手掛かりがあるはずだ」

「わかりました。必ず」

栄次郎は妙なことから関わり合ったが、もともとお節介焼きの性分だ。必ず、真相を突き止め、かどわかされた女たちを助けてやる。

ふと、廊下に足音がして、はっとした。

栄次郎は兄と顔を見合せた。母かもしれない。兄と弟が夜遅くまで語り合っていることに不審を覚えて様子を見に来たのか。

しかし、ふたりが話し合っていることが母にどうしてわかったか。栄次郎が帰ったかどうか様子を見に来たら、この部屋からひそひそ話が聞こえた。そういうことか。

いずれにしろ、母にいらぬ心配をかけたくはない。

「兄上。それでは失礼します。お休みなさい」

「うむ」

兄は再び机に向かった。

ひとりになると、頭の中をさまざまな考えが飛び交い、ふとんに入って目を閉じてもなかなか寝つかれなかった。

おさん、お蝶、おなみ以外に、松右衛門の失踪まで加わっている。いったい、何が起きているのか。そして、行方不明になった者の身は安全なのか。そのことを考えると、息苦しくなった。

助け出すためには、これから何をすべきか。栄次郎は考えあぐねた。

二

翌日の朝、栄次郎は明神下の長屋に新八を訪ねた。

新八はとうに起きていて、朝飯もすませ、栄次郎の来るのを待っていた。

「ゆうべ、芝居町で聞き込んでいたんですが、おなみらしい女が三十歳前ぐらいの男と親父橋を渡って行くのを見ていた者がいました」

栄次郎が部屋に上がるのを待ちかねたように、新八が言った。

「三十ぐらいの男？」

「ええ。たぶん、おさんやお蝶を誘き出した男とは別人かもしれません」

「そうですね」

栄次郎はもう一度呟いた。

お蝶を呼びに来たのは若い男だ。おさんの場合も男だ。おなみの場合は三十ぐらいの男だ。別の一味の仕業というより、仲間と考えるべきだろう。

「駕籠はどうですか」

「それが、あの時刻は芝居の跳ねた客目当ての駕籠がたくさん出ていたんですよ」

おさんの場合を例にとると、近くに駕籠が待っていたのだ。その駕籠におさんは乗せられたのだ。

しかし、駕籠屋を当たっても、おさんを乗せた駕籠は見つからなかった。これは何を意味するのか。

「新八さん、平吉親分におさんのほうがどうなっているかきいてくれませんか。私は磯平親分におなみのほうがどうなったかきいてみます」

「わかりました。連絡はどうしましょうか」

「夕方に、お秋さんの家で落ち合いませんか」

「あの旦那、きょうは来ないでしょうね」

「いえ、来たら、奉行所がどの程度、手掛かりを摑んでいるか、きいてみようと思っているんです」

「それも、そうですね。わかりました。じゃあ、お秋さんの家で。あっ、栄次郎さん。

あっしもいっしょに出かけます」

栄次郎と新八は長屋を出た。

昌平橋を渡り、柳原通りを東に向かった。途中、まっすぐ進んで両国橋を渡って深川まで行く新八と別れ、栄次郎は岩本町に足を向けた。

岩本町に入り、炭問屋の『山木屋』の前にやって来た。

店は開いているが、なんとなく活気がないように感じるのは気のせいか。家人の家のほうにまわった。

格子戸が閉まっている。訪れようとしたとき、年配の女が帰って来て、裏口に向かいかけた。三十半ばぐらいで、暗い顔をしている。

栄次郎は声をかけた。

「もし、ここのひとですか」

「はい」

振り返った女があっと声を上げた。

「あなたは杵屋吉栄さま」

「えっ、どうして私のことを？」

「『市村座』で見ています」

「そうですか。失礼ですが、あなたは『山木屋』さんの?」

「女中頭のおつねと申します」

「では、あなたがおなみさんといっしょに千秋楽の『市村座』に行ったのですね」

「そうです。私が目を離した隙にお嬢さまは……」

おつねは声を詰まらせた。

「おなみさんはまだ帰らないのですね」

「はい。手掛かりは何もありません。私はどうしていいのかわかりません」

自分の責任のように思っているようだ。

「何か妙な文が届いたりはしていないのですか」

「いえ、何も」

やはり、かどわかしの人間からは何も言って来ないようだ。

「ところで、おなみさんには親しくしているひとはいたのでしょうか」

おなみに男はいなかったのか、と栄次郎は訊ねた。

「それは何人かいらっしゃいますが、みなさん、心当たりはないということです」

おつねは、男のことだとは思わなかったようなので、

「密かに思いを寄せている男もいないのですね」

と、栄次郎は改めてきいた。

「いません」

おつねははっきりと答えた。

「そうですか」

「あの」

おつねが遠慮深げに口を開いた。

「吉栄さまはどうしてお嬢さまのことを?」

「『市村座』を出てから行方が知れないと聞き、心配になったのです」

「もし、吉栄さまにが来てくださったことを知ったら、お嬢さまはさぞ喜んだことでしょうに」

おつねの言葉に、栄次郎は引っかかりを覚えた。

「おなみさんが私を贔屓にしてくれていたというのはほんとうなのですか」

「ほんとうです。吉栄さまが出演なさる舞台は必ず見ています」

「でも、私の名前が出ているわけではないのに、どうして私が出るとわかったのですか」

「杵屋吉右衛門一門ですから」

なるほど、師匠の吉右衛門が出れば、必ず栄次郎も出演するだろうと考えたのか。

「お嬢さまも三味線を習っているのです。それで、半年前の『市村座』の公演にも行きました」

『京鹿子娘道成寺』を演奏したときのことだ。あのときも、平土間から舞台の栄次郎を見つめていたのだと、おつねが言った。

「吉栄さんがお侍さまだと知って、とても興味もお持ちになったのです」

じゃあ、と問いかけようとして、栄次郎は思い止まった。栄次郎の態度を訝《いぶか》しく思ったのか、おつねが声をかけてきた。

「何か」

「いえ、なんでもありません」

そう答えたが、栄次郎は俄かに落ち着きを失った。

芝居が跳ね、客が続々と木戸から出て行く。その中にいたおなみにある人間が近づき、

「吉栄さんがお待ちです。どうぞ」と言ったとしたら、おなみはどうするだろうか。のこのこついて行ったか。

栄次郎は愕然とした。

おなみに関しても自分の名が利用されたのかもしれないのだ。

おつねと別れたあと、栄次郎は自身番に寄り、岡っ引きの磯平の居所を訊ねた。すると、番人はきょうはまだ見ないと答えた。

結局、磯平に会えないまま、栄次郎はお秋の家に行った。

新八がやって来るまで、栄次郎は三味線の稽古をした。

今度、向島の新梅屋敷で、『京鹿子娘道成寺』を弾くことになっていた。吉右衛門の唄と兄弟子の吉次郎と栄次郎の三味線だけで、舞台で奏するような大がかりなものではない。また、踊りも入らない。

『京鹿子娘道成寺』は過去に何度か弾いているが、久しぶりで手や間を忘れているかもしれないという心配があったが、それは杞憂に終わった。

稽古を十分にし終えて三味線を片づけたとき、お秋がやって来て、行灯《あんどん》に明かりを入れた。外はまだ明るさが残っていたが、部屋の中は薄暗くなっていた。

「お秋さん。きょうは崎田さまはお見えになるということでしたね」

行灯に火を灯したお秋に声をかけた。

「ええ。来ると言ってました」

「それはよかった」

栄次郎は素直に喜んだ。

「よかったって……。また、帰っちゃんでしょう?」

お秋はすねたようにきいた。

「いえ。今夜は崎田さまのお相手をするつもりです」

「ほんとうに?」

「ええ。新八さんもごいっしょするはずです」

「新八さんが」

お秋は疑い深そうな目を向けた。

「じつは、崎田さまにいろいろききたいことがあるんです」

「まあ、そうなの。でも、いいわ。栄次郎さんがゆっくりしていってくれるなら、どんなわけがあっても。じゃあ、支度しないと」

そう言って、お秋は部屋を出て行った。

しばらくして、新八がやって来た。

「遅くなりました」

新八は部屋に入って来た。

「どうでしたか」

「平吉親分も気難しい顔をしていました。ただ、おさんを乗せた駕籠が小名木川《おなぎがわ》のほうに向かったことがわかったそうです」

「小名木川ですか」

「そのまま突っ走って本所に向かったかもしれませんね」

「あるいは、向島まで行ったか……。お蝶とおなみのほうの駕籠がどこまで行ったか、見ていた者がいればいいのですが」

　ふと、階下が騒がしくなった。

「崎田さまがお見えのようですね」

　新八が耳を澄まして言った。

　しばらくして、梯子段を上がって来たお秋が障子を開けた。

「支度が出来ましたよ」

　お秋が誘った。

「すいません。あっしもお呼ばれさせていただきます」

　新八が申し訳なさそうに言う。

「ええ。もちろんよ。さあ、どうぞ」

「じゃあ、行きましょうか」

ふたりは階下に行った。

茶の間に入ると、崎田孫兵衛は着替えてくつろいだ姿でもう酒を呑みはじめていた。

「珍しいな」

栄次郎と新八の顔を交互に眺め、孫兵衛は冷笑を浮かべた。

「崎田さま。お訊ねしてよろしいでしょうか」

腰を下ろすなり、栄次郎は切り出した。

「まあ、一杯やれ」

孫兵衛はお秋に顔を向けて顎をしゃくった。

「はい。どうぞ」

お秋が栄次郎の盃に酒を注ぐ。さらに、新八にも注いだ。

「そなたのききたいことはわかっておる」

孫兵衛は呑み乾した盃をお秋に差し出して、

「行方知れずになった女たちのことだな」

と、片頬を歪めた。

「はい。その後、いかがでございましょうか」

「さっぱりだ」

孫兵衛は厳しい顔になった。

「奉行所を出る前に定町廻りの報告を聞いたが、まったく動きがない。かどわかした連中から何も言って来ない」

「他に行方不明になった女はいないのでしょうか」

栄次郎はその心配をしていた。

「いや、その報告はない。『一よし』のおさんのこともあるので、深川界隈の娼家を調べさせたが、姿を晦ました娼妓はいない。もちろん、今後もかどわかしが起こる可能性もあるので、十分に用心をさせてある」

切れ者の与力らしい威厳に満ちた言い方だった。

「奉行所はこの事件をどう見ているのでしょうか」

栄次郎は孫兵衛を頼もしく思った。

「身代金目的ではない。三人に通じ合う点も見当たらない。恨みなどではないだろう。考えられるのは人買いだ」

「人買いですか」

「どこぞに売り飛ばす目的で、女をかどわかしたのではないか」

「どこでございましょうか」

新八が口をはさんだ。

「わからぬ。ひょっとして、長崎まで連れて行き、異国の船に乗せるのかもしれない」

「異国ですって」

「そうだ」

「奉行所ではそう考えているのですか」

栄次郎はきいた。

「いちおう、そういうことも頭に入れて探索をしているということだ。今のところ、あやしい船が湊《みなと》に停泊しているという事実はない」

孫兵衛は手酌で酒を注いでから、

「人買いでなくとも、それに準じることに違いない」

「と、申しますと?」

「つまり、女たちをどこかの売春宿に売り飛ばすということだ。こっちのほうが、現実味はある」

「売春宿ですか」

栄次郎もその可能性を考えていた。

　安女郎とはいえ、おさんは十九歳と若い。お蝶は色っぽい年増だ。おなみも若く器量もよいらしい。

「だが、俺の見立ては単なる娼家ではない。隠れ里のような秘密の場所があるような気がしてならないのだ」

「秘密の場所ですかえ」

　新八がまたも口をはさんだ。

「そうだ。いわゆる、吉原や深川通いに飽きた金持ちを客にした隠れ里だ。そんなものが、この江戸のどこかに出来ているような気がしてならないのだ」

「なるほど」

　栄次郎は感心したように頷いた。

「もしそうだとしたら、辛い状況に追いやられているだろうが、命は無事だといえる」

　孫兵衛は厳しい顔で言った。

「崎田さまのお考えに得心がいきました」

　単なる好色で嫉妬深い男ではないと、栄次郎は見直す思いだった。

「へえ、さすが、与力さまです」

新八も讃えた。

お秋の前でいい恰好を見せられて、孫兵衛は満足そうだった。

「その隠れ里を探し出す手掛かりはあるのでしょうか」

栄次郎は孫兵衛に期待してきいた。

「難しい。が、隠れ里を営んでいる者は、これまでも女を食い物にしてきた人間の可能性が高い。どこかの岡場所で生きてきた輩が、新しくはじめたと考えられる。その方面の聞き込みを徹底的にしている。と、同時に大店の旦那衆にも、誘いがないかきいている。隠れ里の主人は、富裕な客を誘っているはずだ。だが、中にはその気のない旦那だっているだろう。その者なら何か話してくれるかもしれぬ」

「よくわかりました。そこまでの慧眼《けいがん》があれば、きっと事件は解決すると思います。もし、私で何かお手伝いすることがあればなんなりと仰ってください」

栄次郎は孫兵衛をたのもしく見て言った。

「まあ、奉行所に任しておいてもらおう」

「さあ、栄次郎さん」

お秋が徳利を差し出した。

「すみません」

栄次郎は酒を呑んだ。

「だいぶ呑みッ振りもさまになってきたな。最初は猪口一杯で顔を真っ赤にしていたのにな」

孫兵衛は含み笑いをし、

「やはり、女だな」

「えっ？」

「酒が呑めるようになったのは女が絡んでいる。そうであろう」

孫兵衛はおかしそうにひとりで笑った。

「酒だ」

徳利を振って、孫兵衛がお秋に言った。

孫兵衛はだいぶ呑んでいた。酔うと、くどくなり、絡んでくる。そろそろ、その兆候が現れた。

「まだいい。これからだ」

栄次郎と新八が顔を見合せたのを目ざとく見つけ、孫兵衛は牽制するように言った。帰る相談をしたと見抜いたのだ。

「でも、もう、遅くなりますから」

「そんな時間ではない」

孫兵衛の目が据わってきた。

「ねえ、旦那」

お秋が甘い声を出した。

「早くふたりきりになりたいわ」

「うむ。そうだな」

孫兵衛の鼻の下が伸びた。

「よし、わかった。そなたたちは引き上げてよい。ごくろうだった」

孫兵衛の声は呂律《ろれつ》がまわらなくなってきた。

「では崎田さま。これで失礼いたします。お秋さん、ご馳走さまでした」

栄次郎と新八は腰を浮かせた。

お秋が立ち上がろうとするのを、孫兵衛が手を摑んで離さない。

「栄次郎さん、新八さん。ここで失礼するわ」

お秋の声を背中に聞いて、ふたりは土間に下り立ち草履を履いた。

「栄次郎さん。さすが、崎田さまじゃないですか。見直しましたよ」

外に出て、新八が感心して言う。

「ええ。崎田さまの考えは間違っていないと思います」

「あのお蝶って女が娼妓の真似をさせられていると思うと、なんだか可哀そうになります」

新八はため息をついた。

「ええ、なんとか早く助けてやりたいものです」

栄次郎はふと孫兵衛の言うような売春宿があるとしても、どうしてかどわかしをしなければならなかったのか。思ったほど、女が集まらず、不足ぶんをかどわかしで補おうとしたのかもしれない。

そうだとしても、なぜ、それがあの三人なのか。どんな決め手で、三人が選ばれてかどわかされたのか。

栄次郎はそのことを考えた。そのことから、何か手掛かりが摑めるかもしれないと思った。

そのことで気になることがある。お蝶だけでなく、おなみも栄次郎の名で誘き出された可能性があるのだ。

御徒町を抜けて、下谷広小路に向かう。

「栄次郎さん。そろそろ、新梅屋敷じゃありませんかえ」

新八が思い出してきいた。

「ええ。明後日《あさって》の夕方です」

「明後日ですか。札差の土蔵には唸るほどの金が入っているんですかねえ。新梅屋敷に大勢を招いて宴席を開くんですから豪気なものじゃないですか。全部、大和屋さんが持つんでしょう」

「ええ。札差の力はこんなものじゃありませんけどね」

栄次郎は札差たちの派手な遊びをいろいろ聞いていた。大和屋は自分の屋敷に舞台を造って、素人芝居をやっている。また、いつぞやは江戸中の屋台を借り切り、町のひとたちにただで天ぷらや寿司などを食べさせたこともあった。

「どんなひとたちが招かれているんですね」

新八が興味深そうにきいた。

「札差仲間だけではなく酒問屋の主人や材木商など、大店の旦那衆とその家族ではないでしょうか」

「崎田さまが仰っていた売春宿の客に選ばれそうなひとたちばかりなんでしょうね。まあ、あっしたちには関係ない話です」

新八は自嘲ぎみに言い、

「じゃあ、あっしはこれで」

と、別れて行った。

「ごくろうさまでした」

新八と別れ、栄次郎は湯島の切通しを上り、本郷の屋敷に向かった。途中、新八の言葉が蘇った。

売春宿の客に選ばれそうなひとたちばかりなんでしょうね……。いや、ひょっとしたら、売春宿の亭主から誘いの声がかかっている者もいるかもしれない。それとなく、探りを入れてみようと、栄次郎は思った。

三

ふつか後の午後、栄次郎は途中で春蝶と弟子の惣吉と落ち合い、向島にやって来た。仲秋の陽光が川面を照らしている。吾妻橋を渡り、水戸家の下屋敷前を過ぎ、長命寺《ちようめいじ》の前に差しかかる。

駕籠が連なって栄次郎を追い越して行った。寺島村の新梅屋敷に向かうのであろう。隅田堤はさっきから駕籠が行きかっている。

新梅屋敷の門の前には続々と駕籠がつき、羽織姿の大店の旦那衆が下り立っている。

新梅屋敷は文化《ぶんか》元年（一八〇四）に佐原鞠塢《きくう》というひとが寺島村に土地を買い、親しくしていた歌人や狂歌師などの文化人から梅の木三百六十本を寄贈してもらって庭園にしたところである。

佐原鞠塢は芝居茶屋に十年以上勤めたのちに骨董屋を開いた。風流人であり、自分好みの庭園を造ったのだが、やがて、この庭園は梅の名所となった。

すでにその頃、亀戸には臥竜梅で有名な梅屋敷があり、こちらは新梅屋敷と呼ばれ、その後、春と秋の七草を植え、花が増え、やがて百花園と呼ばれるようになったのだ。

門を入り、建屋に向かった。

下足番の年寄りがあわただしく動きまわっている。栄次郎は座敷に上がって、とば口の部屋に案内されると、すでに師匠の吉右衛門と兄弟子の吉次郎が来ていた。

「師匠。新内語りの富士松春蝶さんです」

栄次郎は引き合わせた。

「春蝶でございます」

「吉右衛門です。きょうはよろしくお願いいたします」

ふたりの挨拶が済んでから、栄次郎は春蝶とともに大和屋のところに挨拶に行った。

大和屋庄左衛門は紋付羽織袴で鷹揚に栄次郎を迎えた。札差は旗本や御家人の俸禄米を扱うだけでなく、金も貸しているので、どこか態度が尊大である。

栄次郎の屋敷が取引をしている札差は大和屋ではないが、札差は横の繋がりが強いらしく、どの屋敷の内情にも詳しい。

春蝶に引き合わせると、大和屋は笑みを浮かべて、

「楽しみにしております」

と、歓迎した。

間のふすまを取っ払い、三つの座敷をひとつにした大広間に見物席が設けられ、簡単な舞台も設えられていた。

やがて庭を散策していた客もやって来て、大広間はひとで埋まった。

栄次郎たちは初っぱなに『京鹿子娘道成寺』を披露することになっている。立唄《たてうた》は師匠の吉右衛門、立三味線は兄弟子の杵屋吉次郎、脇三味線が栄次郎である。本舞台とは異なり、今回はこれだけの顔ぶれだった。

『京鹿子娘道成寺』は能の『道成寺』から借りたものだが、道成寺の後日談である。『道成寺』は安珍清姫《あんちんきよひめ》の悲恋物語である。安珍に一目惚れし、恋に狂った清姫は大蛇となって逃げる安珍を追い掛け、しまいには道成寺の鐘の中に隠れた安珍を焼き殺す

という凄まじい恋の執念の話だ。

栄次郎は三味線を抱え、撥を構えた。

はっという吉次郎の呼吸に、栄次郎も撥を叩いた。

鐘に恨みは数々ござる……
初夜の鐘を撞くときは、諸行無常《しょぎょうむじょう》と響くなり……

師匠の吉右衛門の伸びのある声がまるで鐘の音の余韻のように心地好く響いていた。

栄次郎は糸を弾きながら、ふと大広間の中程にいる女に気づいた。

確か、市ヶ谷にある小間物屋『百扇堂』のお染だ。お露という女も横にいた。

吉右衛門の長唄が終わったあと、春蝶が登場した。上《うわ》調子を弟子の惣吉が受け持った。

演題は『恋娘昔八丈《こいむすめむかしはちじょう》』の城木屋の段である。

胸を締めつけるような二丁三味線の音締めに、情感たっぷりに語る哀切極まりない春蝶の声は聞く者の心に激しい感動を呼んだようだった。

聞かしやんしたら腹が立とうさぞ憎かろう　さりながらそりや聞えぬぞ才三さん
お前と私のその仲は昨日や今日のことかいな　屋敷に勤めたその中にふっと見染めて恥ずかしい恋のいろはを……
二世も三世も先の世かけて誓いし仲じゃないかいな

栄次郎は隅で春蝶の語りを聞いていたが、強い視線を感じ、ふとそのほうに目をやって、あっと息を呑んだ。

お染の激しい視線に出合ったのだ。栄次郎は視線を離そうとしたが、粘りつくような視線に絡め捕られたようにすぐには目を背けることが出来なかった。

ようやく顔を戻したが、脳裏にはお染の怒りとも憎しみともつかない目の輝きが残った。

誘いを断ったことを、恨んでいるのだろうか。

やがて、春蝶の語りが終わった。万雷の拍手が起こったのは、春蝶が舞台を下りたあとだった。客は新内の世界からすぐには脱け出せずにいたのだ。

栄次郎はすぐに春蝶のところに駆けつけた。

「春蝶さん。すばらしい語りでした」

栄次郎は素直に感嘆した。

「こういう場所でやらせていただけるんで、だいぶ力が入りました」

春蝶は疲れたように言う。

「みなさんこぞって満足されたようです」

そこに大和屋がやって来た。

「ごくろうさまです。いやあ、すっかり堪能させていただきました。さすが、あなたは名人だ」

大和屋は春蝶を讃えた。

「おそれいりやす」

「これから宴席の支度にかかりますので、どうぞ庭園でも散策ください」

大広間では客は立ち上がり、庭に出て行った。

「大和屋さん。宴席で、福助にひとつ軽いものをやらせてやってください」

「そりゃ、願ってもないことです」

大和屋は答えてから、栄次郎に顔を向け、

「鳥越の師匠にも端唄《はうた》のひとつでも披露願いたいのですが、いかがでしょうか」

「きいてみましょう」

師匠の杵屋吉右衛門は長唄が主であるが、清元、常磐津から端唄、小唄となんでもこなす才人である。ただし、新内はやらない。

栄次郎は春蝶から離れ、吉右衛門のところに行った。内弟子が三味線を片づけていた。傍らに吉次郎がいる。

「師匠、大和屋さんが、あとで端唄や小唄をやっていただけないかということですが」

「どうせなら、吉次郎さんの三味線で吉栄さんが唄ってもいいんじゃないですか」

「はあ」

「宴席なのです。気楽にやればいいでしょう」

吉右衛門は微笑んで勧めた。

「でも、大和屋さんは師匠の唄を所望しておりますから」

「わかりました」

少し迷ってから、師匠は応じた。

「では、そういたしましょう。糸は？」

「私がやらせていただきます」

吉次郎が名乗り出た。

「では、大和屋さんにその旨伝えてきます」

栄次郎は大和屋を探しに行った。

庭に出たというので、栄次郎も庭に出た。庭には秋の草花が咲き乱れ、萩や女郎花《おみなえし》などの秋の七草の前にひとがたかっていた。

池のほうに向かう大和屋の姿がちらっと見えたのであとを追うと、いきなり目の前に現れた女がいた。

「あなたは……」

栄次郎は内心の動揺を隠して相手の顔を見た。

桔梗の美しい紫に負けないほどの艶やかさでお染が立っていた。

「吉栄さん。お会いできてうれしいですわ」

お染は妖艶に笑った。

「どうも」

栄次郎は対応に窮した。

お染に見とれたように、大店の旦那衆が通りすぎて行く。

「吉栄さん。今度は私ひとりだけのために三味線を弾いてくださらないこと?」

「それは……」

「だめよ。私はこうと決めたら必ずそうしないと気がすまないの。近々、必ず、私どもの寮にお招きしますよ。必ずね」

お染は笑みを漂わせながら、

「栄次郎さま。では、また」

それまでは吉栄だったのに、お染ははじめて栄次郎と呼んだ。

「吉栄さま。いえ、栄次郎さま」

お露が栄次郎にぐっと近寄って、

「あなたさまはお嬢さまから逃れることは出来ません。そのことをはっきり心に留めておいてください」

と、囁くように言った。

「では、お嬢さま。向こうへ参りましょう」

離れて行くふたりを見送りながら、栄次郎は薄気味悪さを覚えていた。

声がかかり、庭を散策していた客は大広間に戻った。酒膳がきれいに並んでいて、それぞれ客がその前に座った。

栄次郎たちは末席に連なった。料理は向島の有名な料理屋『武蔵屋』から取り寄せたらしい。大和屋の威勢を誇示するに十分だった。

宴がはじまり、芸者も入り、座も賑わった。

吉右衛門と吉次郎が舞台に上がった。吉次郎の三味線で、師匠が小唄を披露した。

里をはなれし草の家に　ふたりがほかは虫のこえ
すきもる風に有明の　消えてうれしき窓の月

栄次郎はまたも強い視線を感じた。お染は舞台そっちのけで、ときたま栄次郎に不気味な視線を向けているのだ。

栄次郎はお蝶を思い出した。お蝶は栄次郎のあとを本郷の屋敷までつけてきた。そして、その翌日も屋敷の前にいたのだ。

その常軌を逸したような行動に、栄次郎は困惑するしかなかったが、お染もまた同じような性向があるのか。

栄次郎はお染の視線に気づかぬ振りをするしかなかった。

伽羅《きやら》の香りとこの君さまは　幾夜とめても　わしやとめあかぬ　寝てもさめても
忘れられぬ

吉右衛門の唄が終わり、続いて春蝶が福助を連れて壇上に現れた。

「この福助はまだ子どもでございますが、早くから遊里にて俚謡《りよう》を聞き覚え、その唄声には天性のものがあり、我が弟子といたしました。この福助が唄うのは都々逸節でございます。名古屋の宮の遊里で流行っていた唄を、私の節まわしに直し、いま福助が唄っております。この先、十年後、二十年後にはこの福助はこの都々逸節で天下をとるでありましょう。その福助が遊里で覚えた潮来節《いたこぶし》を聞いてやっておくんなさい」

春蝶は客に向かって言い、あとを僅か十歳の福助に任せた。

福助は三味線を弾き、声を発した。

潮来出島《でじま》の　真菰《まこも》の中に　菖蒲咲くとは　しおらしや
宇治の柴舟　早瀬を渡る　わたしや君ゆえ　上りつめ
花は色々　五色に咲けど　主《ぬし》に見かえる　花はない

十歳とは思えぬ声の艶だ。やはり、天性のものだ。きっと、おとなになればさらに洗練され、見事な唄声になるだろう。

だが、その声はどこか世俗的な感じだ。長唄や新内には向かず、俗曲のほうの名手を目指させようとしているのだろう。さらに、福助によって都々逸を完成させたいという期待もあるに違いない。

その都々逸節を福助には披露させなかった。

そして、最後に、吉右衛門師匠の立三味線、脇に吉次郎と栄次郎という伴奏で、『五大力《ごだいりき》』という長唄を大和屋が唄って、会はお開きとなった。

その頃にはすでに百花園の前には駕籠が幾つも集まって来ていた。

栄次郎が三味線を片づけ、引き上げようとしたとき、お染が吉右衛門と話していた。吉右衛門が戸惑い顔でいたので、一方的にお染が近づいていったのだとわかる。

栄次郎に気づくと、お染はにっこり笑った。

「栄次郎さま。今日のところは失礼します。また、ゆるりと」

お染は不気味な笑みを残して、お露とともに引き上げて行った。駕籠に乗ったのかどうかわからない。

栄次郎は吉右衛門や春蝶たちといっしょにぶらぶらと隅田堤に出た。秋の夕暮れが迫って、西の空は紅く染まっていた。

「吉栄さん。あの女には気をつけなさい」

吉右衛門が注意をした。

「お染さんのことですか」

「そうです。あのお方は相当思い込みが強いようです。栄次郎さんを……」

吉右衛門は言いよどんだが、すぐ続けた。

「必ず自分のものになりますと自信たっぷりに言っていた」

栄次郎は憂鬱な気持ちになった。

お蝶のことでさえ、重荷だったのに、お染の執念深さはそれ以上だ。とんでもないことになったと、覚えず吐息が漏れた。

「そのうち、迎えに行くそうだ」

吉右衛門が渋い顔で言った。

「迎えというのは？」

「寮に招くそうだ」

「困ります」

「行ってはなりませぬ。行ったら、どうなるか……。ただ、行かなかった場合、どのような態度に出てくるか」

吉右衛門も暗い顔をした。

「ずいぶん、うれしい話に思えますが」

口をはさんだのは吉次郎だった。

「女にもてて、うらやましい限りだ。めったにいない美しい女子だ」

吉次郎は嫉妬めいた言い方をした。

「あの女は度が過ぎてます。たとえていえば、清姫のようです。さしづめ、吉栄さんが安珍で、あの女が清姫」

吉右衛門は険しい顔で言った。

「清姫……」

栄次郎はぞっとした。清姫は逃げる安珍を大蛇になって追い掛けたのだ。お染も大蛇になって追い掛けて来るような気がした。

吾妻橋に差しかかったとき、浅草寺の鐘が暮六つ（午後六時）を告げはじめた。

四

翌日の午後、鳥越神社裏手の吉右衛門師匠の家に行くと、おゆうが来ていた。

「栄次郎さん、お久しぶりです」

おゆうがうれしそうに言った。

「ほんとうに久しぶりですね」

「ええ、いつもすれ違いばかり。私、栄次郎さんに避けられているのかと思いました」

おゆうがすねたように俯《うつむ》いた。

「そんなことはありませんよ」

栄次郎はあわてて言った。

「そうですか」

おゆうは疑わしい目つきで見る。

「ほんとうです」

「それなら許してあげます」

おゆうはいたずらっぽい目をした。

おゆうは町火消『ほ』組の頭取《とうどり》政五郎《まさごろう》の娘である。おゆうも長唄と三味線を習いに来ている。

「ちょっと、師匠に挨拶を」

そう言い、おゆうの前から離れ、師匠のところに行った。

「師匠。きのうはありがとうございました」

栄次郎はきのうの礼を言う。

「無事終わり、よございました。春蝶さんは名人の域を越えておりますね。ほんとうに、春蝶さんの生きざまがそのまま声に出ているようです」

「師匠に褒めていただいて春蝶さんも喜ぶと思います」

「吉栄さん。例のことですが」

吉右衛門が声を落とした。

「やはり、あの女の誘いに乗らないほうがよろしいかと思います。行けば、よけいに相手の熱い思いに油を注ぐようなものです」

「わかりました」

吉右衛門はそのことを真剣に考えてくれていたらしい。

「もし、断ったことで何か仕返しをしてきたら、そのときは毅然とした態度で出ればよいのです。なまじ、相手に同情したりすると、あとで困ったことになります」

「はい。胆《きも》に銘じておきます」

栄次郎は師匠の心遣いを謝した。

「では、失礼します」

栄次郎は師匠の前を辞した。

稽古をつけてもらうおゆうに挨拶をし、栄次郎は師匠の家を出た。

蔵前通りに向かって歩きはじめたとき、背後から声をかけられた。

「矢内さま」

立ち止まって振り返ると、岡っ引きの磯平と定町廻り同心が近づいて来た。あの馬面に記憶がある。確か、板倉又兵衛《いたくらまたべえ》といったはずだ。

「何か」

栄次郎はふたりの顔を交互に見た。

「ええ、ちょっとお訊ねしたいことがありましてね。ここじゃなんですから、そこのお寺の境内で」

磯平は先に立った。栄次郎の後ろに同心の板倉又兵衛がついて来た。何か雰囲気がおかしいと思った。

思い当たるのは、お蝶が栄次郎の使いの者に誘き出されたということだ。そのことで、何か疑いを持ったのか。

近くの小さな寺の境内に入った。参詣人はほとんどいない。若い僧が本堂から出て来て庫裏《くり》に向かった。

「矢内さま。お訊ねしたいのは、まずお蝶との関係です。矢内さまとはどのようなご関係でございましょうか」

「関係と言われても、ちょっと困るのですが……」

栄次郎は戸惑った。

「困るような関係だってことですかえ」

磯平は意地悪く口許を歪めてきいた。

「説明に困るということです。なんといっていいか……」

「それほど複雑な関係ということか」

板倉又兵衛が長い顎をしゃくるようにしてきいた。

「いえ、直に接したこともないのです。お蝶さんは三味線弾きの私を贔屓にしてくださったのです」

栄次郎のあとをつけて本郷の屋敷までやって来たことがあったとまで言えなかった。

「お蝶は矢内さまの使いだという男に誘き出されたのです。矢内さまに心当たりはございませんか」

「いえ、まったくありません」

「そうですかえ」

磯平は疑わしそうな目つきをした。

「次に、岩本町の炭問屋『山木屋』のおなみのことですが、その後の調べで、誰に誘き出されたかわかりました」

「ほんとうですか」

「ええ、おなみらしき女に近づいた男の声を聞いていた者がおりましてね」

磯平が片頬を歪めたので、栄次郎は胸騒ぎがした。

「男が若い女に、栄次郎さまの使いだと告げたそうです」

「えっ？」

栄次郎はまじまじと磯平の顔を見つめた。嘘や冗談ではないことは、磯平の厳しい顔つきでもわかる。

「ふたりは親父橋を渡り、鎧河岸《よろいがし》のほうに行きました。その後の足取りはまだ摑めていません。でも、栄次郎さまの使いだと告げたことに何か手掛かりがあるんじゃないかと思いましてね」

「どこの誰が聞いていたんですか？」

「芝居町の者です。信用できる男ですから、男は栄次郎という名前を使っておなみを誘き出したことは間違いありませんぜ」

「そうでしょうね」

おなみが栄次郎を贔屓にしていたと女中から聞いたときから、そんな予感がしていたのだ。

それが事実だとわかって、今さらながらに栄次郎は困惑した。お蝶とおなみのふたりが栄次郎を贔屓にしていたことは偶然なのか、それとも何か関係があるのか。

「それから、ここが大事なんですがねえ」

磯平が細い目を鈍く光らせた。

「なんでしょうか」

「『一よし』のおさんですよ。おさんも、栄次郎という名前を使って誘き出されたことがわかりました」

「まさか」

栄次郎はにわかに信用出来ない。そんなことはあり得ない。

「おさんの馴染み客がたまたまおさんの声を聞いていたんですよ。栄次郎さんはどこで待っているのかときいていたそうです」

栄次郎は深呼吸をして心を落ち着かせた。

おさんが栄次郎の誘いに乗るとは信じられない。おさんは、栄次郎の敵娼がおしまであることを知っているのだ。

「おさんが、私の名で誘き出されたとは信じられません。それは何かの間違いではないでしょうか」

「げんに、おさんの声を聞いていた者がいたんですぜ」

「誰ですか。その男は？」

「そいつは言えません。その男に災いが降りかかるといけませんから」

「その男も信用出来るのですか」

「ええ、職人ですよ。住いもはっきりしています」

磯平は同心の顔を見てから、

「矢内さん。三人が栄次郎という名で誘き出された、つまり矢内さまに関係ある三人の女が行方不明になったのです。これをどう説明するんですね」

と、栄次郎に迫った。

「どういうことなのか、私にはわかりません。でも、少なくとも、おさんのことはおかしい」

「と、仰いますと?」

「私はおさんとは馴染みではありません。私の敵娼はおしまという女です。もちろん、おさんもそのことを知っているはずです。だから、おさんが私の呼出しでのこのこついて来るはずはないのです」

「矢内どのは、職人が嘘をついていると申されるのか」

同心の板倉又兵衛が鋭い声できいた。

「そうとしか思えません。それより、おなみのことといい、おさんのことといい、どうしてうまい具合に私の名を聞いたという男が現れるんですかえ。おなみのことで言えば、芝居の跳ねたあとのごった返した中で、おなみにかけた男の声がよく聞こえたものですね。おさんの場合はひと通りもまばらな娼家の前で声をかけたのでしょうに、職人の耳に栄次郎という名がよくうまく入り込んだものだとは思いませんか」

栄次郎は反駁《はんばく》した。

「それは決してあり得ないことではない」

板倉又兵衛が強い口調で言った。

「で、私に疑いがかかっているというわけですね」

栄次郎はうんざりして確かめた。

「まあ、はっきりと疑っているわけではない」

言葉と裏腹に、板倉又兵衛の目は疑っている目だ。

「矢内どのがなぜ女をかどわかさなければならないのか、かどわかした女たちをどこに閉じ込めているのか。そのことが、まだわからない」

栄次郎は胸を圧迫されたような不快感を覚えながら、

「どうしても、職人の名を教えてはいただけませんか」

と、板倉又兵衛の顔を見た。

「教えてどうするのでござるか」

「ほんとうに聞いたのか確かめたいのです」

「疑っているのか。しかし、なまじ会わぬほうがよいと思うが。なぜなら、会ったあとでその者が前言を翻したら、矢内どのが威して発言を変えさせたと思われましょう」

板倉又兵衛は皮肉そうな笑みを浮かべた。

「確かに、その危険はあります。でも、なぜ、そんなことを言ったのか、そのわけがわかるかもしれません」

「嘘をついていると決めつけているようだが、本人は正直に話しているのですぞ」

言い返そうと思ったが、言い合っても仕方ない。栄次郎は口をつぐんだ。

「いずれにしろ、かどわかした人間は矢内どのの周辺にいることは間違いない」

板倉又兵衛が冷笑を浮かべたのは栄次郎を疑っているからだろう。

「その点は同感です。ですが、私には心当たりはありません。疑られているようですから、私は私なりに事件を調べ、身の潔白を明かします。失礼します」

栄次郎は山門に向かいかけたが、ふと思い出して振り返った。

「他に、行方不明になった女はいないのですね」

「いません。ひとりだけいましたが、こいつは自分から身を隠していました。今は見つかっています」

磯平が答えた。

「それから、お蝶の旦那も行方不明になっているのですが、そのほうの手掛かりは？」

「うむ。それこそまったく手掛かりはない」

板倉又兵衛が答えた。

「お蝶の行方不明との関連はありませんか」

「今のところない」

「まさか、旦那の場合も、栄次郎の名を騙って誘き出したなんていうことにならないでしょうね」

栄次郎は半ば皮肉混じりに言った。

「女たちとは別だ」

板倉又兵衛は顔を歪めて言った。

軽く会釈をし、栄次郎は改めて山門に向かった。

蔵前通りに出たが、お秋の家に向かわず、浅草御門のほうに歩きはじめた。

午前中は澄みきった青空だったが、この時間になって厚い雲が張り出してきた。

浅草御門を抜け、両国橋を渡った頃には空を黒い雲が覆っていた。辺りは薄暗くなり、大川の川面は波立っていた。

栄次郎は深川に急いだ。夕方の七つ（午後四時）になる頃だ。

小名木川を過ぎ、仙台堀を越えた頃には冷たいものがぽつりと落ちてきた。栄次郎は足早になった。

油堀を越えた辺りからとうとう本降りになった。栄次郎は駆け足になり、『一よし』の土間に駆け込んだ。

店は開けたばかりで、まだ暇そうだった。濡れ鼠になって栄次郎が駆け込むと、奥からおしまが飛び出して来た。

「まあ、栄次郎さん。濡れちゃって」

すぐに手拭いで着物を拭いてくれた。

「脱いだほうがいいわ」

とおしまが言うので、栄次郎は差料を外し、帯を解き、褌いっちょうの姿になった。手拭いで頭から顔、体を拭く。背中をおしまが拭いてくれた。

「二階に上がって、浴衣を着ていて」

おしまに言われ、栄次郎は先に梯子段を上がった。

栄次郎の着物をどこかに乾して来たのか、少し遅れておしまがやって来た。

「まさか、降られるとは思ってもいなかった」

「今、火をおこすわね」

おしまは火鉢に炭をくべた。

「さすがに今の時期は雨が降ると冷える」

栄次郎は火鉢に手をかざした。

「待ってて」

おしまは階下に酒をとりに行った。

すぐ、徳利を持って戻って来た。

「さあ、どうぞ」

「すまない」

茶碗に酒を注いで呑んだ。

「こんな時間にどうしたの、何かあったのね」

おしまが栄次郎の顔を覗き込んだ。

「じつは、さっき磯平親分から聞いたのだ。おさんは、私の名を騙った男に誘き出されたとね」

「ええ、私も平吉親分から聞きました」

「私の名を出されたからといって、おさんさんがのこのこついて行くことは考えられません。おさんさんの声を聞いたのは職人だそうですが、誰だか聞いていませんか」

「畳職人の助三《すけぞう》さんらしいわ」

「畳職人の助三？」

「おさんの客だったわ」

「どんな男なんですか。歳は？」

「三十前ね。博打が好きらしいわ。独り身よ」

「住いはわかりませんか」

「ええ。おさんさんなら知っているだろうけど」

おしまはしんみり言った。

「おさんさんがいなくなったあと、助三は来ましたか」

「ええ、おさんさんが行方不明だと聞いてずいぶん悄気《しょげ》ていたわ」

「えっ？　行方不明だということを知らなかったのですか」

「ええ」

「いなくなってからどのくらい経ってやって来たのでしょうか」

「さあ、どのくらいだったかしら。五日ぐらい経っていたかも」

おしまは小首を傾げた。

「助三はおさんさんが誰かと出かけて行くのを見ていたわけですよね。そんときはなんとも思わなかったんでしょうか」

「そう言われればそうね」

「五日ぐらいしてやって来たとき、あのとき男といっしょに歩いていたのを見たという話は出なかったのでしょうか」

「ええ。そんなことは何も」

「妙ですね」

助三は、おさんの声を聞いたと訴えたのは最近なのだ。どうして、それまで、黙っていたのか。

考えられることはひとつしかない。助三は嘘をついているのだ。栄次郎さんはどこで待っているのかというおさんの声を聞いたのは偽りだ。

誰かに頼まれて嘘をついたのに違いない。

「最近は来ますか」

「いえ、やっぱり、おさんさん目当てだったからね。だって、うちには他にあんな若い妓いないもの。たぶん、どっか別の店に気に入った妓を見つけたんじゃないかしら」

「そうでしょうね」

栄次郎は助三を探してみようと思った。

畳職人だとわかっていれば、探しやすい。まず、畳職の親方を探し、そこの伝《つて》を手《た》繰《ぐ》れば職人の名ぐらいすぐわかると思った。

「この辺りに畳職の親方の家はありますか」

「女将さんにきけばわかると思うけど。きいてきましょうか」

「ええ、お願いします」

栄次郎は頼んだ。

おしまは部屋を出て行った。そして、あまり時間がかからず戻って来た。

「わかったわ。大島町に、久兵衛《きゅうべえ》という親方がいるそうです。この家の畳も何年か前に久兵衛さんに替えてもらったそうです」

「大島町の久兵衛さんですね。そこできけば、助三の住いがわかるかもしれませんね。おしまさん。いろいろありがとう」

栄次郎は腰を浮かせた。

「えっ、もう行ってしまうのですか」

「すみません。一刻も早く助三に会いたいんです」

「どうして、そんなに熱心に……」

おしまははっとしたような表情になった。

「まさか、妙な疑いが栄次郎さんに？」

「ええ。じつは他のふたりも私の名を騙った男にかどわかされたそうなのです。でも、おさんさんは、私の名を出されたからといってのこのこついて行くとは思えない。助三が嘘をついているかもしれないのです」

「栄次郎さん、じつは……」

　おしまが言いさした。

「おしまさん。なんですか」

「いえ、まだお召し物は乾かないと思いますけど。ちょっと見てきます」

「おしまさん。何か言いかけましたね。なんですか」

「いえ」

　おしまは顔を背けた。

「さあ、おしまさん」

　栄次郎はおしまの顔を正面から見つめた。

　おしまはため息をついた。

「栄次郎さんに見つめられたら、私も隠しておけないわ」

「なんなんですか」

「おさんさんのこと」

「おさんさんが何か」

「あの妓も栄次郎さんに想いを寄せていたのよ」

「えっ？」

「一度、ぐでんぐでんに酔って、私のところにやって来たことがあったわ。そのとき、泣きながら、私は栄次郎さまが好きと喚《わめ》いたの」

「………」

栄次郎は言葉を失っていた。

「ごめんなさいね。こんなことを言うと、栄次郎さんがよけいに気を使ってしまうかと思ったんだけど」

「信じられない。まったく、考えたこともありませんでした。だって、土間で何度か顔を合わせるだけだったし」

自分がそんなふうに思われていたとは栄次郎は俄《にわ》かには理解出来なかった。ただ、思い当たることがある。

店に入ったとき、熱い視線を感じて顔を向けると、そこにおさんがいたことは何度かあった。

「お召し物、持ってきますね」

おしまが出て行ったのも気づかなかった。栄次郎は行方不明になった三人がみな栄次郎に関わりのあることに衝撃を受けた。

栄次郎はここで改めて三人の行方不明は、おさん、お蝶、おなみをかどわかすことが目的ではなく、狙いは栄次郎にあるのではないかと考えた。

栄次郎を罪に陥れようとする人間がいるのだ。だが、栄次郎を罪に陥れるにしても、どうして三人の女を利用したのかがわからない。もっと他に手段があろうものを……。

いずれにしろ、三人は何の関係もないのに栄次郎との縁だけで不幸に遭ったのだ。

改めて、正体のわからぬ敵に怒りが込み上げてきた。

落ち着くのだ。落ち着けと、栄次郎は自分に言い聞かせた。

落ち着いて考えれば、今まで見えていなかったことが見えてくる。敵の狙いは栄次郎にある。そのことを踏まえた上で、かどわかし事件を思い返してみるのだ。

まず、最初に起きたのはおさんのかどわかしだ。敵は、栄次郎が『一よし』に通っていることを知っていたのだ。

なぜ、知ったのか。あとをつけられたのだ。まったく気づかなかった。だが、どこからつけられたかわからないが、まったく気づかないことがあり得るだろうか。短い距離ならともかく、たとえば下谷や浅草辺りから深川までの道程を栄次郎に気づかれずについて来るのは相当な手練《てだれ》の者でしかありえない。

それに、栄次郎は最近は『一よし』から足が遠のいていた。かどわかしの件が起こる前、最後に『一よし』に顔を出したのはひと月ほど前。

したがって、栄次郎が『一よし』に行く以前から毎日のように尾行を繰り返していたはずだ。たまたま、尾行をはじめた日に、『一よし』に行ったということも考えられなくはないが、まずその可能性は低い。

いくら相手が尾行に長けた者であっても、毎日尾行されれば、栄次郎とてなんらかの気配は察したはずだ。それはまったくなかった。

つまり、尾行はなかった。では、なぜ、『一よし』に馴染みがいることを知ったのか。やはり、偶然の結果ではなかったか。

つまり、敵の仲間のひとりがこの界隈の娼家に通っていて、『一よし』に栄次郎が入って行くのを見ていたのではないか。

だが、おさんを選んだのはなぜだ。栄次郎との縁でいえば、おしまが狙われるはずだ。なぜ、おしまでなくおさんだったのか。

障子が開く音に、栄次郎ははっと我に返った。

おしまが着物を持って戻ってきた。

「まだ湿っぽいわ」

「すみません。もう少し、います」

「えっ、ほんとうに？」

「ええ」

おしまの寂しそうな顔を見て、栄次郎の気が変わった。敵はおさんとおしまを取り違えたのではないか。

まさか栄次郎の敵娼が年上のおしまだとは想像しなかったのではないか。『一よし』で一番若いのがおさんだ。

場合によっては、おしまがかどわかされていたかもしれない。むろん、そのことはおしまには言えなかった。

立ったままなのに気づいて、栄次郎はすぐに腰を下ろした。

おしまは衣紋掛けに栄次郎の着物を掛けてからそばに座った。

「雨、まだ降っていますか」

「いえ、小降りになってきたわ。じき、止むわ」

「よかった」

「栄次郎さん。そばに行っていい？」

おしまが恥じらいながらきいた。こういう商売をしている女とは思えない初《うぶ》な表情に、栄次郎は覚えず微笑んだ。

「もちろんです。どうぞ」

おしまがにじり寄った。そして、寄り添ってきた。栄次郎はおしまの肩を引き寄せた。

ふと、おしまはおさんが自分の身代わりになったのかもしれないと気づいているのではないか。そして、栄次郎に危機が迫っているのではないかと不安なのだ。

おしまの細い肩にまわした手に力を込め、

「私は負けません。おしまさんも気を強くもって」

と、栄次郎は覚えず呟くように口にした。

翌日の朝、栄次郎は永代橋を渡り、堀に囲まれた大島町にやって来た。雨は夜半には止んでいて、きょうは朝から陽光が輝いていた。

近所できいて、畳職の親方久兵衛の家はすぐわかった。間口の広い土間に入ると、職人が畳針をもって仕事をしていた。

栄次郎は手の空いてそうな職人に声をかけた。

「親方の久兵衛さんはいらっしゃいますか」

「へえ、あいにく得意先に出かけております。どんな御用でございましょうか」

「畳職人の助三というひとを探しているんです」

「助三ですって」

その職人が眉をひそめた。

「知っているんですか」

「助三は半年前まではうちにいた職人ですよ。手慰《てなぐさ》みが過ぎるので親方から破門されました。確か、北森下《きたもりした》の藤助《とうすけ》親方のところで仕事をもらっているみたいですぜ」

「そうですか。お仕事の手を止めさせて申し訳ありませんでした」

「いえ、どういたしまして」

栄次郎は丁寧に礼を言い、久兵衛の家を出た。

それから、北森下に足を向けた。

黒江町《くろえちょう》を突っ切り、油堀、仙台堀を越え、小名木川にかかる高橋を渡って北森下町にやって来た。

畳職の藤助の家は久兵衛のところより狭かった。職人の数も少ない。

畳針を畳に刺し、肘を押しつけてぐいと糸を締めつけていたのが、親方の藤助だった。

栄次郎は作業が一段落するまで待つつもりでいると、藤助が針を置いてやって来た。

「助三のことですって?」

藤助が改めてきいた。

「はい。どこにいるのかわかりますか」

「さあ」

藤助は小首を傾げた。

「ここ二、三日、顔を見せねえ。いったい、何をしているやら。まさか、手慰みか……」

「こんなことあるんですか」

「いや。久兵衛さんのところをしくじったあと、あっしのところに泣きついて来た。心を入れ替えて真面目に働くっていうんで雇入れたんです。そのあと、ずっとまっとうに働いていたんだが……」

藤助はえらの張った顔をしかめた。

「親方。三日前に仲町で助三を見かけましたぜ」

職人のひとりが口をはさんだ。

「仲町だと？」

「へえ。にやついて『名月家』って娼家に入って行きました」

「『名月家』だと？　あそこは貧乏人が上がれるような見世じゃねえ。見間違いじゃねえのか」

藤助は半信半疑で言った。

「いえ、助三でした。間違いねえ」

「藤助がそんな金を持っているとは思えねえ」

なおも藤助は懐疑的だった。

「でも、最近の奴は金回りがいいみたいですぜ」

「ほんとうか」

「へえ。なぜ、急に金回りがよくなったかわかりませんが、ひょっとして女のところに居続けているんじゃありませんかえ」

「野郎。性根は腐ったままだったのか」

藤助が憤慨した。

「助三の住いはわかりますかえ」

「海辺大工町《うみべだいくちょう》の善兵衛店《ぜんべえだな》です。今朝も若い者に様子を見に行かせましたが、帰ってませんぜ」

「でも、ちょっと行ってみます。お邪魔しました」

栄次郎は藤助の仕事場を辞去し、来た道を戻った。

小名木川を渡ると、道の両側に海辺大工町が広がっている。木戸番で店番をしている番太郎にきいて、善兵衛店はすぐわかった。

小名木川沿いを大川のほうに向かい、ふたつ目の路地を入る。しばらく行くと、八百屋と唐紙屋の間に善兵衛店の路地木戸があった。

栄次郎は木戸をくぐった。どぶ板を踏んで奥に入る。井戸端で野菜を洗っている小肥りの女がいたので、助三の住いをきいた。

「助三さんなら奥から二軒目ですよ。でも、いませんよ」

「どこへ行ったか、わかりませんか」

「さあ、手慰みじゃないかしら。とにかく、博打好きでしたから」

「久兵衛親方から藤助親方のところに移ってから心を入れ替えて働いていたと聞いたんですが、どうだったんでしょう?」

「しばらく真面目にしてましたけど、また手を出してしまったようですよ。でも、最近は勝っているらしく、金回りがよかったようですけど」

「博打で勝ったと言っていたのですか」

「ええ、そう言ってました」

「賭場がどこだか、聞いてませんか」

「いえ、聞いちゃいませんよ」

「そうでしょうね」

その他、助三の暮らしぶりなどをきいてから、栄次郎は肝心なことを質問した。

「助三さんのところに訪ねて来るひとはいましたか」

「ええ、何度か目つきの鋭い男がやって来ました。たぶん、賭場の人間じゃないかしら。遊び人ふうで、とうてい堅気《かたぎ》のひととは思えませんでした」

賭場の人間ではなく、かどわかしの一味ではないか。

やはり、助三は金に惑わされて、嘘をついたのではないか。

栄次郎は礼を言って、引き上げた。

路地を出たところで、岡っ引きが待っていた。

「磯平親分」

「やはり、矢内さまでしたかえ。助三を探してどうするつもりですかえ」

磯平は問いつめるようにきいた。

「もちろん、助三に嘘をつくように命じた者のことをきき出すためですよ」

「そんな人間がいると思いますかえ」

磯平は鋭い目をくれた。

「ええ、現に嘘をついています」

「しかし、なんのためにそんなことをするんですかえ。矢内さんに心当たりでもありますかえ」

「いや」

「ないんでしょう。だったら、助三が嘘をついているとは考えられません」

磯平は鼻で笑うように言った。

「しかし、助三は最近、金回りがいいようです」

「博打で勝ったそうじゃないですか」

「そのことを確かめましたか」

「そこまでする必要はありませんぜ」

「どうしてですか。重要なことを訴え出た男は急に金回りがよくなった。そこに何かあるとは思いませんか。だったら、ほんとうに博打で勝ったのか、確かめてみる必要があるんじゃありませんか」

栄次郎は言い返した。

「しかし、助三がどこに行っていたかわかりませんぜ」

「わからないから、助三の言うことを信用するということですか」

いつになく、栄次郎は相手を説き伏せるように熱くなった。

「それに、親分なら博打場には見当がつくんじゃありませんか」

博打は御法度《ごはっと》だが、奉行所では黙認しているだけだろう。磯平だって元はといえば、博打打ちのようなものだったはず。

「わかりました。調べてみましょう。もし、博打で儲けたとわかったら、助三の言葉を認めなさいますね」

「ええ、認めましょう」

栄次郎ははっきり答えた。

「じゃあ、さっそく調べてみます」

磯平は去って行った。

それにしても、助三はどこに行ったのか。金が入ったから娼家に居続けているのか。

それなら、いいのだが……。

陽光が雲に遮られ、辺りが一瞬翳った。栄次郎はふと胸騒ぎを覚えた。

翌日、栄次郎は新八とともに日本橋川沿いの鎧河岸《よろいがし》にやって来た。

『市村座』を出たおなみは栄次郎の使いを名乗る男に誘き出されたあと、親父橋の袂で目撃されている。その後、駕籠に乗せられたというのが、岡っ引きの磯平たちの見方だ。

新八は駕籠を見た人間を探した。だが、あの時間、駕籠を見た者はいなかった。

「新八さん。この辺りから船に乗せられたんじゃないでしょうか」

栄次郎は対岸に向かう渡し船を見送りながら言う。

「ええ、この先、駕籠も男女のふたり連れも見た人間はいないのですから、この辺りでしょう」

新八も厳しい顔で応じる。

「問題は、ここから船でどこに向かったのか」

大川を横切って深川に向かったか、それとも大川を上って向島方面に行ったのか。

今、対岸の表茅場町までの渡し船が出たところだ。

「おなみさんが船だとすると、おさんさんも最初は駕籠で、それから船に乗り換えた可能性もあります。お蝶さんも駕籠から船だったかも」

栄次郎は向こう岸に近づいて行く渡し船を見つめながら、三人は船でどこかに連れて行かれたような気がした。

「栄次郎さん。船が使われたということで調べてみましょう。この川を行き交う荷足《にたり》船《ぶね》の船頭や船宿の船の船頭に聞き込みをかけて、不審な船を見かけなかったか、聞き込んでみます」

「たいへんな労力だと思いますが、よろしくお願いします。私は助三を探します。ずっと、姿を見せていないということが気になります」

「ひょっとして……」

新八は不安を口にした。

「ええ」

栄次郎もその心配をした。

「毎夕、お秋さんのところに顔を出します」

「ええ。早く、三人を助けてやりたい」

栄次郎は自分自身に言い聞かせるように言った。

第三章　情念の女

一

ふつか後。きょうも栄次郎は深川の海辺大工町の善兵衛店に来ていた。

一昨日の長屋の女房が、助三がまだ帰っていないと告げた。今日で、姿を消してから五日になる。

長屋を出て、栄次郎は小名木川に出た。悪い予感がした。賭場に入り浸っていたとしても、五日となると異変を感じる。まさか、大負けしていかさまだと喚いて簀巻《すま》きにされて大川に放り込まれたわけではあるまい。

藤助親方のところに行ってみようと、栄次郎が高橋のほうに歩きはじめたとき、職人らしき男が向かいからあわてて駆けて来た。

そのあわてように、栄次郎は胸が騒いだ。男は善兵衛店のほうに向かった。栄次郎は足早に追った。

職人体《てい》の男は善兵衛店の木戸の横にある唐紙屋に駆け込んだ。しばらくして、職人といっしょに鬢の白い、恰幅のいい男が出て来た。大家に違いない。

「間違いじゃないのだな」

大家らしき男が駆け込んで来た男にきいている。

「似ています。でも、あっしだけじゃ自信がないので、大家さんに確かめてもらいたいと思いまして」

「ともかく、行ってみる」

大家が急ぎ足で職人といっしょに来た道を戻った。

栄次郎は声をかけた。

「もし、何があったのですか」

「長屋の住人の死体が見つかったというのです」

大家が立ち止まって答えた。

「住人というと、名前は？」

「助三です」

大家が答えた。

「急ぎますので」

大家は職人と足早になった。栄次郎もあとを追った。

職人が案内したのは霊巌寺《れいがんじ》の裏手だった。すでに、この深川を縄張りとしている岡っ引きの平吉が来ていた。

「親分さん」

大家が平吉に声をかけた。

「おう、ご苦労だな。さっそく、顔を検《あらた》めてもらおう」

「はい」

平吉親分は樹の生い茂った中に大家を案内した。栄次郎もいっしょについて行く。

「おや。あなたは矢内さま」

莚の前に来たとき、平吉が気づいてきいた。

「私にも見せてください」

栄次郎は頼んだ。

「いいでしょう」

そう言い、平吉は子分に莚をめくらせた。

おそるおそる大家が顔を覗いた。その瞬間、大家はうっと呻いて顔を背けた。

栄次郎も死体を見た。死体は腐乱していた。だいぶ日数を経過していることがわかった。

胸と腹に刺し傷があった。血は流れていないのは雨が流してしまったのだろう。

樹木の陰に倒れていたので、きょうまで気づかなかったのだ。

「間違いありません。助三です」

大家が平吉に言った。

「五日前から長屋に帰って来ませんでした。まさか、こんな姿になっていたとは……」

「今朝、犬がしきりに吠えていたので、近所の者が様子を見に来てた。それで、見つかったのだ」

平吉が説明した。

栄次郎は覚えず握り締めた拳に力を込めた。助三は口封じのために殺されたのだ。そうとしか思えない。

「矢内さま」

平吉が近寄ってきた。

「どうして、ここへ？」

「磯平親分からきいていると思いますが、助三は何者かから金で頼まれて偽りの訴えをしたんです。私は依頼主のことをきき出そうと、助三を探していたんです。まさか、こんなことになっていようとは……」

「助三は口封じのために殺されたって言うんですか」

平吉がまじまじと栄次郎の顔を見た。

「その可能性が高いと思います」

平吉は頷いた。

「あっしも助三の話に合点がいかないことがあったんです。助三が行く娼家は『一よし』から離れている。助三が『一よし』に近づいた理由がわからないんです。そのことをきくと、助三の答えは曖昧でした。それに、助三は急に金回りがよくなった……」

平吉は磯平と違い、栄次郎を疑っていないのか。

「磯平親分は助三の言い分を信用していましたが」

「じつは、磯平親分から頼まれて、助三が出入りをしていた賭場を調べてみました」

「わかったんですか」

「わかりました。賭場で勝ったという話は嘘だとわかりました」

「そうですか。やはり、嘘でしたか」

栄次郎は自分の考えが間違っていなかったと思いながら、

「平吉親分。助三を殺したのは、助三に偽証させた人間に違いありません」

と、言いきった。

「私がかどわかしの首謀者であるように仕掛けている者がいるのです。ただ、私にはまだそうされる心当たりがないのです」

「そうですかえ。いずれにしろ、敵は矢内さまの近くにいるってことになりますね」

「ええ」

そうなのだ。敵は近くにいる。しかし、誰が何のために、栄次郎を貶《おとし》めようとしているのかさっぱりわからない。

いや、そもそも栄次郎を罠にはめるなら、なにもかどわかしでなくともよいはずだ。同心が駆けつけて来た。平吉は同心のほうに向かった。

栄次郎はその場を離れた。

両国橋を渡り、浅草御門をくぐって、鳥越神社の裏手にある師匠の家にやって来た。

きょうは稽古日ではないので、土間に弟子の履物は一足もなかった。栄次郎は出迎えた内弟子に挨拶をして、刀を部屋の隅の刀掛けに置いて師匠のいる居間に行った。

「師匠。お呼びだそうで」

栄次郎は腰をおろしてきいた。

昨夕、お秋の家に師匠からの使いが来て、きょう来るようにと言われたのである。

「ええ、突然のことで申し訳ありませんでした」

「いえ」

「じつは、例の市ヶ谷の『百扇堂』のお染さまからお誘いがありました」

吉右衛門は憂鬱そうな顔で切り出した。

「お断りをしたのですが、じつは大和屋さんが仲介をしているのです」

「大和屋さんが？」

先日、百花園で会を開いたばかりだ。

「ぜひ、吉栄さんを十五夜の晩にお招きしたいとのこと。大和屋さんが絡んでなければ、きっぱりとお断りするのですが……」

吉右衛門は苦しそうに言った。

「十五夜ですか」

「ええ。『百扇堂』の橋場の寮で月見の宴だそうです」

「わかりました。大和屋さんの顔を潰すような真似は出来ません。お伺いします」

「ほんとうは行かせたくないのです」

吉右衛門は真顔になって、

「あのお染という女は吉栄さんに凄まじい執着を持っているようです。鬼女です。決して近づいてはいけない女のような気がするのです。芸人と贔屓という関わりだけですめばいいのですが……」

「はい、心して」

栄次郎は答えたあとで、

「大和屋さんとはどのような関係なのでしょうか」

と、きいた。

「なんでも、お染さんのお父上とは若い頃からの知り合いだったとか」

「若い頃？」

「吉原で同じ花魁《おいらん》を張り合った仲だそうです」

「そうですか。わかりました」

「吉次郎さんが、あいにくその日はお屋敷での宴があり、脱け出せないとのこと。そこで、用心のために新八さんを連れて行くことにしませんか。新八さんは今は稽古を休んでいますが、弟子であることには変わりないのです」

「わかりました」

「それから、これは私の勝手な考えなのですが、おゆうさんにもいっしょに来てもらおうと思うのです」

「おゆうさん、ですか」

「おゆうさんのように若く美しい娘さんが近くにいるとわかれば、お染さんも無茶なことを求めて来ないのではと思うのです。吉栄さんの糸でおゆうさんの唄を披露するのです。お染さんがそのことで何かを察してくれたらよいのですが……」

それほど効果があるかわからない。

「もちろん、それだけでなく、おゆうさんのためになることですし」

「そうですね。おゆうさんさえよろしければ」

「ええ、おゆうさんには話してあります」

吉右衛門は手回しがよかった。

栄次郎は憂鬱な思いで、師匠の家を辞去した。

それから、浅草黒船町のお秋の家に行った。

家に入ると、お秋がすまなそうな顔で、

「栄次郎さん。ごめんなさい。お客が入っているの」

と、手を合わせた。

お秋は西側の二階の部屋を逢引きの男女のために貸しているのだ。したがって、客が入っているときは、三味線を激しく弾くことは遠慮しなければならなかった。

「いいですよ」

栄次郎は笑って応え、梯子段を静かに上がった。

窓辺に寄り、大川を見ながら、思いは月見の宴に向かった。師匠は、お染を鬼女だと言っていた。

師匠は決してひとの悪口を言う人間ではない。だが、お染に対しては厳しかった。栄次郎のいないところで、お染は何かとんでもないことを呟いたのではないか。そのことがあって、師匠は魔性と評したのかもしれない。

お秋が部屋に入って来た。

「栄次郎さん。どうかなさいました?」

「いいえ、別に」

「そうですか。なんだか、憂鬱そうに見えたので」

「そうですか。それは失礼しました。じつは、かどわかしの事件のことを考えていたのです。それに関わりがあると思えるひとりの男が、死体で発見されましてね」

「まあ」

お秋は目を見開いた。

「栄次郎さんの名を騙って誘《おび》き出したそうですね」

「崎田さまが話していましたか」

「ええ、まあ」

「そうなんです。私の贔屓だというので、私に疑いがかかりました。それはなんとかわかっていただけたと思うのですが、かどわかしたのは私の周辺にいる人間としか考えられないのです」

栄次郎は不安そうなお秋に、

「こんな話はやめましょう」

と、元気に言い、

「夕方に、新八さんとここで待ち合わせをしているのです」

お秋が去ってから、栄次郎は再び、お染のことに思いを向けた。

お染からの誘いに大和屋の口添えがあった。この前の百花園にもお染は招かれていたから大和屋との繋がりがあるようだ。

『市村座』の茶屋に招かれて、はじめてお染を見たとき、栄次郎は一瞬どこかで会ったことがあるような気がした。

しかし、そのときすぐに思い浮かばなかったが、大和屋との関係から、栄次郎はあることを思い出した。

大和屋は自分の屋敷に設えた舞台で、素人芝居や踊りの会を開いたり、ときには本物の役者を呼んで芝居を上演したりしている。

今年の正月、大和屋庄左衛門の屋敷で行われた踊りの会でのことだ。

そのとき、いつものように栄次郎は地方として出演した。演し物は、やはり「娘道成寺」だったような気がする。

その舞台が終わったあとの宴席で、栄次郎に近寄って来た妖艶な年増がいた。
二十五、六歳で、大奥の女のような気品もあり、客席でも目立っていた女だった。
だが、ねっとりした仕種に男を手玉にとるような妖しさがあった。

しきりと誘いをかけてきたが、栄次郎はやんわりと拒んだ。お染はそのときの女に似ていたのだ。

あの女もどこか魔性の匂いがした。その女より若いが、お染にも同じ匂いを感じた。

ずいぶん長い時間、考え事をしていたのか、気がつくと部屋の中は暗くなっていた。

お秋が行灯に灯を入れに来た。

それからしばらくして、新八がやって来た。

「すいません。お待たせしました」

「いえ、ごくろうさまです」

栄次郎はねぎらってから、

「さっそくですが、どうでしたか」

「日本橋川沿いの船宿ではわからず、思い切って柳橋の船宿を当たってみました。そしたら、『美川家《みかわや》』という船宿の政吉《まさきち》という船頭が気になるものを見てました。客を猪牙舟《ちょきぶね》で日本橋川の一石橋《いちこくばし》まで運んでの帰り、行徳橋《ぎょうとくばし》に差しかかったとき、前を行く荷足船の荷物の菰《こも》の陰から赤い布が見えたといっていました。着物の袂のようだったってことです」

「で、その船はどっちへ行ったかわかりますか」

「猪牙舟は両国橋をくぐって神田川に入って行ったのですが、荷足船はまだ上って行ったそうです」

「すると、今戸《いまど》か橋場、あるいは対岸の向島辺りに向かったのかもしれませんね」

「明日、そっち方面に行ってみます」

「すみません。お願いします」

「栄次郎さんのほうは何かありましたかえ」

新八がきいた。

「ええ。助三が死体で見つかりました」

「なんですって」

新八は厳しい顔つきになって、

「そうですか、口を封じられたってわけですね」

「そうでしょう」

「はじめから殺すつもりで利用したんでしょうか」

「いいえ。助三が派手に金を使いはじめたので、目をつけられると思って始末したんじゃないでしょうか」

「そうか。助三もばかな奴だ。ほとぼりが冷めるまで辛抱すればよいものを……」

「せっかくの手掛かりだったのに残念です。ただ、助三が博打で勝ったという話は嘘だったことがわかったそうです。これで、磯平親分も、助三が何者かに金で買収されて嘘をついたと悟ったと思います」

「もう何日も経ちます。三人の身が心配ですね」

新八が深刻そうな顔で言う。

「ええ。きっと、心細い思いでいるでしょう」

栄次郎は三人が生きていてくれることを願った。

「そうそう、新八さん。師匠のところに、『百扇堂』のお染から月見の宴にお誘いがあったそうです。それも、大和屋さんを介して」

「そういえば、この前の百花園での催しにもお染は現れたといってましたね。大和屋とは懇意にしているんですね」

「なんでも、お染の父親と若い頃からの知り合いだそうです。で、月見の宴に、新八さんにもつきあっていただきたいんです」

「あっしがですかえ」

「ええ。師匠の希望でもあるのです。じつは、兄弟子の吉次郎さんが行けないので、代わりに新八さんにぜひいっしょしてもらったほうがいいと。新八さんは私の弟子なのだから問題はないと仰いました」

「そうですか。師匠がそんなことを」

新八は俯いた。

「新八さん。もう、そろそろ稽古をはじめませんか。師匠も待ってらっしゃいますよ」

「ええ。そのつもりなんですが、いざ行こうと思うと、なんだか敷居が高くて」

新八は相模の大金持ちの伜で、江戸に浄瑠璃を習いに来たという触れ込みが、今は嘘だったと師匠にばれてしまったのだ。そのことを気にしているのだ。

「師匠はなんとも思ってませんよ。だから、これを機に稽古をはじめましょう。おゆうさんだって気にしていました」

「わかりました。思い切って、師匠に挨拶に行ってみます」

「よかった」

栄次郎はほっとしたように言った。

梯子段に足音がして、お秋が顔を出した。

「夕餉の支度が出来ましたよ。新八さん、心配はいらないわ。旦那はきょうは来ないわ」

「そいつはいい。じゃあ、ゆっくりご馳走になります」

新八は顔を綻ばせた。

その夜、栄次郎は五つ半（午後九時）過ぎに屋敷に帰った。

部屋に入ろうとすると、母が呼び止めた。

「栄次郎。あとで私の部屋に来てください」

「はい」

お小言《こごと》を頂戴するのかもしれないと、栄次郎は萎縮した。最近、毎夜帰宅は遅く、屋敷で夕餉をとったことはない。

栄次郎は自分の部屋に入り、差料を刀掛けにかけてから、母のところに向かった。

「母上、よろしいですか」

廊下から声をかけ、栄次郎は襖を開けた。

母は部屋の真ん中に座って待っていた。栄次郎はますます身の縮まる思いで、母の前に腰を下ろした。

「栄次郎。最近、ずいぶん帰宅が遅いようですね」

母は威厳に満ちた顔できいた。

「はい。申し訳ございません」

栄次郎は覚えず謝った。

「謝らねばならぬことをしているのですか」

「いえ」

あわてて否定する。

「相変わらず、三味線を弾いているのですか」

「はあ」

「まさか、芝居小屋の舞台に立ったりはしていないでしょうね」

母の声の調子が高くなったので、栄次郎は返事がしづらくなった。

「昨今、武士が芝居小屋で、小遣い稼ぎをしていると聞きます。まさか、栄次郎はそのような真似をしているわけではないのでしょうね」

「いえ、それは……」

「栄次郎」

母が声を改めた。

「はい」

「きょうは少し栄之進のことで訊ねたいことがございます」

「兄上のことですか」

今夜は兄は城内の宿直《とのい》で夕方に出かけたようだ。

「そろそろ嫁をと考えていますが、栄之進はいつも話をはぐらかします。どうも、嫁をもらうつもりはないようです。栄次郎、正直に話してください。栄之進にはどこぞに好きな女子でもおるのではないのか」

「いえ、そんなことはないと思います」

「聞いていないと申しますか」

「はい」

「あなたからみて、いかがですか。栄之進には好きな女子がいるように見えますか」

「いえ、いないと思います」

しいていえば、深川仲町の『一よし』のおぎんだが、そんなことを話そうものなら、母は卒倒してしまうに違いない。

「では、なぜ、嫁の話を嫌うのでしょうか」

「ですから、まだ義姉のことが忘れられないのではありませんか」

「いえ。栄之進には心の整理はもうついているはずです。寂しそうな翳《かげ》はなくなっています。以前は、月違いの命日には仏壇の前に座り、お線香をあげておりましたのに、今はそういうこともありません」

「そうですか」

そう答えながら、やはり母はよく見ていらっしゃると感心した。

「栄次郎」

「はい」

「栄之進が後添いをもらわぬと、矢内家の跡継ぎに困ります。もし、今後も栄之進が頑《かたく》なに嫁取りを拒むなら仕方ありません。栄次郎が嫁をもらい、お子を作ってもらわねばなりませぬ」

「母上。お待ちください」

栄次郎はあわてた。

「部屋住の私では嫁をもらっても養っていけません。養子に行ったとしても、授かった子は養子先を継ぐことになりましょう」

「男子をふたり産むのです」

「待ってください。やはり、矢内家は兄上の子が継ぐのが一番かと存じます」

「ならば、そなたからも兄上に妻帯を勧めなさい。さもなくば、あなたが養子に行くのです。わかりましたね」

「いえ、そのことはまた」

「もう今宵は遅うございます。早く部屋に帰ってお休みなさい」

母は話の打ち切りを宣告した。

「でも」

「母ももう休みます」

とりつく島もなく、母は立ち上がった。

「では、お休みなさい」

栄次郎は挨拶をして部屋を出た。

兄の妻帯を栄次郎に委《ゆだ》ねられた。母にいいように手玉にとられた気がした。

二

翌日、栄次郎は屋敷を出て、神田川沿いを市ヶ谷に向かった。

牛込御門を過ぎ、武家屋敷の並びが切れると、やがて市ヶ谷の町屋になり、市ヶ谷御門の手前を右に折れる。

左内坂《さないさか》を上がって行くと、やがて左内坂町になる。ここの路地を入ったところに、小間物屋『百扇堂』があった。

意外とこぢんまりとした店だ。扱っている者は高価なものばかりらしい。栄次郎は店の前を素通りし、寺の山門に向かった。

水茶屋があったので、栄次郎は入った。緋毛氈のかかった縁台に座ると、婆さんが注文をとりに来た。

栄次郎は甘酒を頼んだ。婆さんが甘酒を持って来たとき、栄次郎は婆さんにきいた。

「ここに来る途中、『百扇堂』という小間物屋があった。売っているのはずいぶん高そうだが、どうなんだね」

「ええ、そりゃ、高価なものばかりです。わしらのような者にはとうてい手の出ないものばかりですよ」

「そうか。そんなに高いものを買いに来る客もいるのか」

「ええ。かなり、客が出入りをしているみたいです」

そう言って、婆さんは奥に向かった。

栄次郎は湯気の出ている甘酒を覚ましながら飲んだ。そして、勘定を払うとき、再び婆さんに訊ねた。

「あそこに、お染という娘さんがいるようだが」

「ええ、きれいな娘がいるのは知っています。いつも、お付きの者を連れて歩いているのを見かけます」

「馳走になった」

栄次郎は銭を置いて立ち上がった。

「ありがとうございます」

ばあさんの声を聞いて、栄次郎は再び『百扇堂』のほうに戻った。

ふと、どこかから射るような視線を感じた。『百扇堂』の店内から誰かが見ているようだ。店内は暗くて、視線の主はわからなかった。

栄次郎は神田川沿いを来たときと逆に辿った。湯島聖堂を過ぎてから明神下のほうに折れた。

新八の長屋に寄ったが、すでに出かけたあとだった。きょうは向島のほうに行ったのだろう。

栄次郎はそこから不忍池のほうに向かった。すぐに武家地になり、そこを突っ切ると、正面に不忍池が見えて来た。

右側が池之端仲町、左側が茅町である。栄次郎は左に折れた。

お蝶の家に着いた。格子戸を開けて中に呼びかけると、ばあさんが不安そうな顔で出て来た。相変わらず、香の香りが漂ってくる。

「これは矢内さま」

「お蝶さんの手掛かりはないのだな」

「はい。さっぱりでございます。矢内さま、ひょっとして、お蝶さんはもう……」

死んでいるのではないかと、婆さんはきいているのだ。

「生きています。必ず、戻って来ます。気を確かに持つのです」

どこまでなぐさめになっているのか、栄次郎にはわからなかった。

「ところで、旦那の松右衛門の行方もまだか」

「はい。まだでございます」

この松右衛門の行方不明も謎だった。三人の女のかどわかしと関係あるとは思えない。あるとすれば、何かを見てしまったために口を封じられたことが考えられる。

たとえば、お蝶がかどわかされるところを偶然見てしまったためにいっしょに連れ去られたか。

だが、それはない。松右衛門の失踪のほうがお蝶の失踪より早い段階で起きているのだ。栄次郎は、ふとそのことをもっと深く考えるべきではないかと思った。

松右衛門が失踪したとき、お蝶はまだ無事で、この家にいたのだ。ふと、香の香りが鼻腔を襲った。

はじめてここに来たとき、まずこの香りが鼻を襲った。やんわりした香りではなく、これでもかというほどの強い香りだった。香を幾つも焚いていたのではないか。

栄次郎は香を焚く意味を考えた。何か他の匂いを消すためではないのか。

栄次郎ははっとした。

「旦那の松右衛門は、法事で行った浅草六軒町にあるお寺を出てから、そのあと行方がわからなくなっているのです。ひょっとして、松右衛門はここに寄ったのではありませんか。いえ、松右衛門はここに寄るはずです。違いますか」

「いえ、知りません」

「だが、お蝶さんはその夜、家にいなかった。そうではありませんか」

その夜、お蝶は芝居小屋を出たあと、栄次郎のあとを本郷までつけて来たのだ。お蝶が家に帰りついたのは四つ(午後十時)をだいぶ過ぎていたのではないか。帰ったら、松右衛門が怒り狂っていた。間夫《まぶ》がいるのかと疑い、松右衛門は激しくお蝶を罵倒したと想像される。

そのことを言うと、婆さんは体を小刻みに震わせた。

「嫉妬に狂い、松右衛門はお蝶さんに殴る蹴るの乱暴を働いた。そうじゃありませんか」

栄次郎は確かめるように言った。

婆さんは俯いたまま固まったように動かない。

「松右衛門はこの家のどこかにいるんですね」

　婆さんの体がぴくりと反応した。

「松右衛門さんを家族のもとに返してやるべきじゃないんですか。あなただって、一つ家に死体と同居していたら薄気味悪いんじゃないですか」

　婆さんは畳に突っ伏した。

「やはり、ここにいるのですね」

　しばらく泣くがままにしておいたが、婆さんが落ち着いてきたのを待って、栄次郎は静かに言った。

「詳しく話してくれますか」

　婆さんは顔を上げた。

「矢内さまの仰るとおりでございます。お蝶さんは、一度、矢内さまが三味線を弾く姿を観てから、矢内さまに狂おしいほどの熱情を抱き、まるで熱に浮かされたような日々を送っておりました。あの日、お蝶さんはひとりで芝居見物に行きましたのも、矢内さまが地方《じかた》で出ているからでございます。まさか来ないと思っていた旦那さまが現れたとき、私は胆を潰しました。まだ、お蝶さんは帰っていなかったからです」

　婆さんは荒い呼吸を静めるように息を吸い込んでから、

「お蝶はどうした、どこへ行っているのだと、旦那さまは激しく私を問いつめました。私は、仕方なく芝居を観に行っていると答え、もうそろそろ帰って来る頃だと申しました。でも、お蝶さんはなかなか帰って来ません。とうとう、四つ（午後十時）の鐘が鳴りはじめました」

その頃、お蝶は本郷から帰るところだったに違いない。

「お蝶さんが帰って来たのは四つを大きくまわっていました。お蝶さんは虚ろな目で帰って来ました。どこか夢を見ているような表情でした。旦那さまは、猛り狂って、いきなりお蝶さんを突き飛ばし、誰といっしょだったのだと問いつめました。お蝶さんはされるがままで何のいいわけもしません。それで、よけいにかっとなって、旦那さまはお蝶さんに馬乗りになって殴りつけました。私はこのままではお蝶さんが殺されると思い、夢中で台所から玄翁《げんのう》を持って来て、旦那さまの後頭部に振り下ろしたのでございます」

婆さんはそのときの衝撃を思い出したのか、痙攣を起こしたように体を震わせた。

「殴ったあと、私もしばらく気を失ったようになっていました。四半刻（三十分）ぐらい、茫然としていたでしょうか。お蝶さんに起こされました。はっと気づくと、目の前で旦那さまが倒れていました」

はたして、婆さんはほんとうのことを言っているのかわからない。実際は、お蝶が殺したのを身代わりになろうとしているのかもしれない。だが、いずれにしろ、松右衛門が死んだのは間違いないだろう。

「松右衛門はどこに？」

「台所の床下です」

栄次郎は立ち上がった。

台所に行く。天井の明り取りの窓から陽光が射し込んで、板の間にじかに置いてある香皿を照らしていた。

栄次郎は香皿のそばに立った。香が強い香りを漂わせている。

香皿をどかし、板をはがした。明かりが床下に射し込む。栄次郎は眉をひそめた。

ふとんにくるんで縄で縛った細長い物体の端から足が覗いていた。

栄次郎は合掌し、再び板を閉じた。

さっきの場所で、婆さんはじっとしていた。

「よいですか。ここにいてください。今、お役人を呼んで来ます」

婆さんは虚ろな目を向けただけだった。

栄次郎は自身番に走った。

そこに詰めている町役人《ちようやくにん》である家主に、事情を説明した。すぐに店番の者が奉行所に駆け、家主たちがお蝶の家に向かった。

半刻（一時間）後、松右衛門の遺体は床下から畳の部屋に移された。同心が婆さんから事情をきいていた。

栄次郎もいろいろきかれ、解放されたのはもう八つ（午後二時）をまわっていた。

栄次郎はやりきれない思いに胸が張り裂けそうだった。

お蝶の一方的な感情であり、栄次郎の与《あずか》り知らないことだったとしても、栄次郎との関わりの中で、松右衛門は死ぬ羽目になったのだ。

松右衛門が問いつめたとき、お蝶は栄次郎の名を出したかどうかわからない。が、もし出したとしたら、松右衛門は栄次郎をお蝶の間夫だと信じたまま死んでいったことになるのだ。

気づくと、三橋《みはし》を渡り、山下を過ぎ、入谷に向かっていた。無意識のうちに、栄次郎は春蝶のところを目指していたのだ。

春蝶は女道楽を重ねてきた人間だ。たくさんの女を泣かせて来た。それと同じだけの数の女に傷つけられて、極楽と地獄を行ったり来たりしたような男だ。それだけ、人間的に深みがあり、それが声の艶になっている。春蝶ならわかる。だが、自分のどこに女を惑わす力があるのか、栄次郎はまったくわからない。

それにしても、お蝶の態度は異常だ。

坂本町一丁目にやって来た。長屋の木戸をくぐり、路地を入る。奥から二番目の春蝶の住いの前に立った。

栄次郎は戸を開けると、狭い土間に履物がいくつかあった。惣吉と福助が来ていたのだ。稽古をつけているところだ。

「お邪魔でしたね。また、出直します」

栄次郎が土間を出かかると、

「栄次郎さん。もう、終わるところでした。どうぞ」

と、春蝶が声をかけた。

「さあ。どうぞ」

惣吉と福助も、上がるように勧めた。

「では、失礼します」

差料を腰から外し、栄次郎は部屋に上がった。

「おや、栄次郎さん。なんだか屈託がありそうですね」

たちまち、春蝶は栄次郎の顔色を読んだ。

「どうぞ」

惣吉が茶をいれてくれた。

「すみません」

「じゃあ、師匠。あっしたちは向こうにいます。時間になったら、また参ります」

惣吉は気をきかしたようだ。

「うむ。そうしてもらおうか」

惣吉と福助が出て行ってから、

「じつは、百花園のときから気になっていたんですよ。栄次郎さんの翳がね」

と、春蝶が打ち明けるように言った。

「あの女じゃありませんか」

「あの女？」

「百花園に美しい女が招かれていましたね。あの女、栄次郎さんにずいぶん熱を上げているようでした」

「気がつかれていましたか」

栄次郎は感嘆したが、春蝶は自嘲ぎみに言った。

「なにも、あっしのひとを見る目が鋭いってわけじゃないんですよ。正直申しますと、あっしもあの女が気になっていたんですよ。歳はとっても、男ですからね、あんないい女がいれば、つい目が奪われます。だから、気づいたんですよ」

「春蝶さんはまだまだ若い」

まだ色気を失っていない春蝶を、栄次郎は頼もしく見た。

「で、あの女のことですかえ」

「どうして、そう思われるのですか」

「あの女はいけませんぜ。あの女の美しさは毒を含んだ美しさです。ふつうの人間じゃありませんぜ。栄次郎さん、関わってはだめですぜ」

「あの女は市ヶ谷にある小間物屋『百扇堂』の娘でお染といいます。じつは、吉右衛門師匠とともに、お染に月見の宴に誘われているのです」

春蝶は顔をしかめた。

「今からでも断れないんですかえ」

「間に札差の大和屋さんが入っているんです。うちの師匠も断るに断れなかったのです」

「そうですか。困りましたね」

「春蝶さんからみても、あの女は危ないですか」

　不安になって、栄次郎はきいた。

「ええ、いけません。女の業を背負ってます。男を取り殺しますぜ。そう、道成寺の清姫かもしれません」

「清姫？」

「ええ、僧安珍に思いを寄せ、最後には蛇になって鐘の中に逃れた安珍を焼き殺した清姫です。ですが、清姫は純粋ですが、あの女は違うと思います」

「わかりました。じつは、茅町に住むお蝶という女が旦那を殺したあと失踪しました。じつは、その旦那というのは、前の晩に……」

　栄次郎は事情を説明した。

「栄次郎さんがもとでその旦那が殺されたことを気にしているのですね」

「ええ。それと、お蝶さんが私にそこまで熱を上げているということが信じられないのです。おなみという女もそうですが、何がどうなっているのか……。まるで、私はからかわれているように思えてならないのです」

「いえ、わかりますよ」

「えっ、何がですか」

「女たちが栄次郎さんに惹かれるわけがです」

春蝶は真顔で続けた。

「じつは百花園で、私もびっくりしたのですが、黒紋付に袴姿で三味線を構えた栄次郎さんの姿はじつに色っぽい。気品のある色気です。あっしが女だったら、たちまち惚れてしまいます」

「春蝶さん、冗談を仰らないでください」

「冗談なんかじゃありません。どんな看板役者だろうが、三味線を弾いているときの栄次郎さんには敵いません。男の色気や艶が滲み出ております。栄次郎さんは自分で気づかないだけです」

「…………」

「お蝶という女が栄次郎さんのあとを本郷の屋敷までつけた気持ちもわからなくはありません。栄次郎さんが女を引き付けているんですよ」

「私にそんな色気があるとは信じられません」

「栄次郎さん。芸っていうやつはそういうものなんですよ。芸の魅力が芸人を引き立て、必要以上に大きく見せる。これからも、女は黙っていても寄ってきますぜ」

「…………」

「ですが、女を狂わせる色気は三味線を弾いているときのものです。その姿を見たお蝶、おなみ、さらにはお染が栄次郎さんの虜《とりこ》になってしまったのです」

春蝶は言葉を継いだ。

「あっしみてえな男でも、女に不自由しなかったのは芸のおかげですよ。芸が自分を磨き、味わいのある男に作り上げていく。生身の自分と芸の魅力が相俟《あいま》って女を虜にしていくんです。女が寄って来るのも芸人の宿命ですよ」

春蝶は微笑んで言ったが、すぐ真顔になって、

「だが、気をつけなければならないのは、そういう芸人の魅力にはまった女は身を滅ぼすことも厭《いと》わず、芸人を追い掛けます。つまり、芸から滲み出た色気は女を狂わせることになります。気をつけないと、栄次郎さんもあっしみてえに、極楽と地獄を行き来するような生きざまをするようになります」

春蝶の話を聞きながら、栄次郎の頭の中で一瞬だけ何かが弾けたような気がした。

しかし、それが何か、わからなかった。

腰高障子が開いた。惣吉が顔を出した。

「出直しますかえ」

栄次郎と春蝶の様子を見て、惣吉が言った。

「もう私は引き上げます」

栄次郎は惣吉に声をかけてから、

「春蝶さん、いろいろありがとうございました」

と、立ち上がった。

「とんでもない。栄次郎さん、あの女だけにはくれぐれも気をつけてくださいな」

春蝶が見上げて言う。

「わかりました」

栄次郎は土間におりてから、惣吉に会釈をして、春蝶の家を辞去した。

自分が目指していた男の色気というものが自分にあるとは思えなかったが、春蝶の話は何か身に堪えた。

単なる憧れで男の色気を持ちたいと思っていたが、芸から滲み出て来る色気は女を狂わせることもあるという。その女にからめとられたら身の破滅に向かう。春蝶はそう注意をしてくれたのだ。

栄次郎の足は浅草黒船町に向かっていた。

夕方、お秋の家に新八がやって来た。

「向島界隈を訊ねたのですが、あやしい荷足船が着いた形跡はありませんでした」

三囲《みめぐり》神社前の竹屋の渡し、寺島村の橋場の渡し、その他の小さな桟橋などを調べ、付近の者にききまわったという。

「向島ではないのかもしれません」

「ええ。たまたま、誰も見ていなかったということもあり得ますが、向島ではないような気がします。明日は今戸から橋場にかけて探してみます」

「ご苦労ですが、よろしくお願いします」

新八をねぎらってから、

「新八さん。お蝶の旦那の死体が見つかりました」

と、栄次郎は言った。

「えっ、どこでですかえ」

「お蝶の家の床下からです」

そう言い、栄次郎は発見までの経緯を話した。

「そうですか。あの婆さんが……」

「もちろん、婆さんがお蝶をかばっている可能性はありますが、それが事実とみていいでしょう」

「そうですね」

「それから、旦那の殺害とお蝶の失踪は別です。お蝶がかどわかされたことには変わりありません」

栄次郎は次第に焦りを覚えている。かどわかされた女たちの身が心配だった。時が経過すればするほど心身の消耗は激しくなっていく。

お秋が部屋に入って来た。部屋は薄暗くなっていた。

行灯に灯を入れてから、

「きょうは旦那が来ることになってますけど、どうしますか」

と、お秋が特に新八にきいた。

「あっしは遠慮しておきます。どうも、あのお方は苦手です」

新八は苦笑した。

「栄次郎さまは？」

「私はご馳走になります。崎田さまに船の件を話しておきたいと思います」

「わかりました。じゃあ、支度が出来たらお呼びしますので」

お秋は部屋を出て行った。

「栄次郎さん。三人は無事でしょうか。向島を歩きまわってきましたが、あの辺りは死体を隠す場所に不自由しないような気がします。おそらく、橋場には浅茅ヶ原もありますし、さらに行けば小塚原《こづかつぱら》の仕置き場もあります」

かねてから気がかりなことを、新八が沈んだ声で口にした。

「私は生きていると思います」

栄次郎は自分自身に言い聞かせるように言った。

「かどわかして殺したとしたら、なんのためにかどわかしたのか、わかりません。殺すことが目的ならもっと別な方法があったはずです。駕籠や船を使ってまでかどわかしたからには、なんらかの目的があったのではないでしょうか。その目的を連中が果たしたとは思えません」

栄次郎は最初はただ希望を口にしただけだったが、話しているうちにだんだん自分の言っていることが間違っていないような気がしてきた。

ただ、かどわかした理由が何か。そのことにはまったく想像がつかなかった。

「そうかもしれません。私が悪うございました。三人は生きている。そうです。間違いなく生きています」

新八は何度も頷きながら言った。

「きっと三人を助け出すのです」

栄次郎は腹の底から声を絞り出すようにして言った。

「ええ。きっと見つけます」

新八は気力を蘇らせて言った。

死んでいると思って探すのと、生きていると信じて探すのでは雲泥《うんでい》の差がある。

それからしばらくして、階下が騒がしくなった。崎田孫兵衛がやって来たのだろう。

「来たようですね」

新八がため息をつき、

「そろそろ、退散しますか」

「まだ、間がありますよ。あのお方がくつろいでからでないと、声はかかりません。

でも、そんなに、あのお方が苦手ですか」

栄次郎は苦笑した。

「あの目を向けられると、盗っ人だったときのことを問いつめられているような気になるんです」

「新八さんの心の持ちようですが」

「ええ。まだ、いけません」

梯子段を上がって来る足音がした。

「呼びに来ましたね」

新八が言い終えると同時に障子が開いた。

「栄次郎さん。旦那がお呼びですよ」

お秋ではなく、女中が顔を出した。

「わかりました」

栄次郎が立ち上がると、新八もいっしょになって立った。

階下におり、新八を見送ってから、栄次郎は茶の間に入った。

「栄次郎どの。きょうも来ていたのか」

孫兵衛がじろりと冷たい目を向けた。なるほど、新八はこの目が苦手なのかと、栄次郎は合点がいった。

「お邪魔します」

栄次郎は腰を下ろしてから、

「崎田さま。その後、三人のかどわかしの件はいかがでしょうか」

と、真っ先にきいた。

「まったく進展がない」

孫兵衛は顔を歪めた。

「じつは、芝居小屋を出たおなみは日本橋川まで連れ出され、船に乗せられたのではないかと思うのです」

「なに、船？」

「はい。柳橋の船宿の船頭が荷足船の荷の陰で赤い着物の一部を見ていました。その船は大川を遡ったようです。他のふたりも同じです。三人は船で大川を遡って、今戸・橋場界隈のどこかに連れ込まれたのではないかと」

新八が向島側の桟橋を調べたが、荷足船の目撃者がいなかったと栄次郎は話し、今戸・橋場界隈があやしいと訴えたのだ。

「その船頭が見たのがほんとうに着物の一部だったのか。仮に赤いものを見たとしても、着物だとは言いきれまい」

孫兵衛は不快そうに言った。

「しかし、駕籠の追跡も途中まではないのですか。つまり、駕籠は川まで」

「今、駕籠屋を探している」

孫兵衛は栄次郎の声にかぶせて言った。

「見つかりましょうか」

「江戸中の駕籠屋に聞き込みをかけているところだ。中には金欲しさに手を貸した駕籠かきがいるはず」

「しかし、名乗り出ましょうか」

「名乗り出ることはない。しかし、助三のように急に派手に遊びだした駕籠かきを見つけ出すことはそう難しいことではない。事実、あやしい駕籠かきが浮かび上がった」

「ほんとうですか」

「ほんとうだ。その者が口を割れば、いっきに事件は解決に向かうはずだ」

孫兵衛は自信たっぷりに言った。

しかし、栄次郎は半信半疑だった。連中は用意周到にかどわかしを実行している。駕籠かきを金で雇うなどの手掛かりが残るようなことをするだろうか。

「まあ、みておれ」

孫兵衛は口許を歪めて不敵な笑みを浮かべた。

孫兵衛の言うとおりであればいいが、と栄次郎は祈らざるを得なかった。

「まあ、本音を言うと、いつまでもこんな事件にかかずらっていられないのだ。奉行所は他にやらねばならぬことがあるのだ」

孫兵衛がため息混じりに言った。

「と、仰いますと？」

「うむ」

孫兵衛が手酌で酒を注ぎ、いっきに呑み干してから、

「明烏《あけがらす》一味だ」

と、忌ま忌ましげに言った。

「明烏一味？」

栄次郎は問い返した。

「盗賊だ。我らが、そう呼んでいるだけで、正体はまったくわからないのだ」

「そんな盗賊がいたのですか」

「だいたい半年ごとに大きな盗みを働くのだ。今年は二月のはじめに鎌倉河岸にある酒問屋『伏見屋』から千両箱三箱が盗まれた。その前は去年の八月だ。芝神明町《しばしんめいちょう》の仏具店から二千両、その半年前はやはり二月、京橋の呉服店から三千両。その一年前は……。やめよう。切りがない」

「つまり、最近は二月と八月に夜働きをしているというのですね」

「そうだ。その順番でいけば、今月だ」

「みな、同じ一味の仕業なのですか」

「手口も同じだ。主人を威《おど》し、土蔵の鍵を出させている」

「殺しは？」

「おとなしくしていれば殺さない。今まで殺されたのは『伏見屋』の番頭と一昨年の京橋の呉服店の手代だけだ」

「手掛かりはないのですか」

「ない。今度もやられたら、奉行所の面目は丸潰れだ。早いとこ、明烏一味を捕まえないと奉行所の威信に関わるのだ」

「確かに、そのような事件がありましたね」

栄次郎は瓦版が大騒ぎしていたことを思い出した。

「そのことから比べたら、かどわかしのほうはたいしたことではないと思っていらっしゃるのですか」

栄次郎は不満を口にした。

「そうではないが……」

孫兵衛はさりげなく目を逸らした。

栄次郎ははじめて得心がいった。どうも、かどわかしの件で奉行所の動きが遅いような気がしていたのだ。

今、明烏という盗賊の件で、ようやくその理由がわかった。これまでの流れでいえば、今月中にどこかが狙われるのだ。

「そんな話をしていると、酒がまずくなる。もう、やめだ」

孫兵衛は気分を変えるように大声を出した。

栄次郎はほどほどのところで退散した。

三

翌日、朝餉を終えたあと、栄次郎は兄の部屋に入った。

兄と差向いになってから、

「兄上。一昨日、母上からこのようなことを言われました」

と、嫁取りの件を話した。

「兄上が再婚しないのなら、私が嫁をもらい、出来た子を兄上の養子にして家を継がせたいと言うんです」

「母上らしい威しだ」

兄は一笑に付した。

「威しですって」

「そう。本音では私が嫁をもらい、跡継ぎを作るのが一番いいと思っているのだ。母上には次善の策などないのだ。あくまでも、最善のほうをとる」

「でも、母上は私にはあんなことを……」

「だから、母上の手だ。栄次郎が養子に出る気がないことを、母上はよくご存じでいらっしゃる。それでも、あえて栄次郎の嫁取りを持ち出して、栄次郎に私を説得させようとしたのだ。栄次郎を出しに使うことはこれまでにもよくあったではないか」

「はあ、そう仰られれば……」

「だから、母上のことは気にせんでいい」

「さようでございますか」

栄次郎は半信半疑のまま頷いた。

「まあ、今後も母上はあの手この手で私を攻めたててくるだろう。栄次郎もいちいち本気で応じていたら身が保《も》たん。適当に相槌を打っていればよいのだ。わかったか」

「はい」

そう答えたものの、栄次郎は混乱していた。

今、兄にうまく丸め込まれたのではないかという疑問が生じている。母上は本気で言ったのに対して、兄のほうがうまく逃げた。そんな按配のような気がしないでもない。

兄の言うことが正しいのか、母のほうか。栄次郎には判断がつきかねた。

「栄次郎。私は少し書き物があるのだ」

「あっ、失礼しました」

栄次郎はすぐに部屋を出た。

そして、自分の部屋に戻ってから深くため息をついた。母と兄の言い分のどちらを信じたらいいのか、栄次郎はわからなかった。

栄次郎は着替えて、再び部屋を出た。

栄次郎は湯島の切通しを過ぎて御徒町から三味線堀を通って鳥越神社裏手の師匠の家にやって来た。

きょうは、おゆうの唄と栄次郎の三味線を合わせることになっていた。

すでにおゆうは来ていて、師匠と話していた。

「早かったんですね」

栄次郎は師匠に挨拶をしたあとに、おゆうに声をかけた。

「なんだか、早く目が覚めてしまったんです」

おゆうはうれしそうに言った。

「さあ、はじめましょうか」

吉右衛門が口を開いた。

「以前、おふたかたで長唄の『黒髪』をやりました。もし、よろしければ、また『黒髪』ではいかがでしょうか。他に希望があれば、そちらでも」

「いえ、私は『黒髪』がすきですので」

おゆうはすかさず答えた。

「それで結構です」

栄次郎は答えた。

そのあと、栄次郎の三味線とおゆうの唄で長唄の『黒髪』を浚《さら》った。

稽古を終えて、おゆうといっしょに師匠の家を辞去し、鳥越神社のほうに歩きはじめたとき、前方から岡っ引きの磯平がやって来た。

まっすぐ、栄次郎の前にやって来て、

「矢内さま。ちょうどよございました」

と、磯平が立ち止まった。

「少し、お話がございます」

そう言い、磯平は栄次郎とおゆうの顔を交互に見た。

「栄次郎さま。私はここで」

おゆうが気を利かした。

「そうですか。すみません。お気をつけて」

「はい」

おゆうが去ったあと、

「親分。私も話がしたかったのです」

と、栄次郎は言った。

「神社の境内に入りますかえ」

磯平が誘った。

「いいでしょう」

ふたりは鳥越神社の境内に入ったが、参詣客が多く、人気《ひとけ》のない場所を探すのが骨だった。仕方なく、本殿裏手に行った。そして、裏門から出たところにある空き地の隅で立ち止まった。

「ここでよろしいですかえ」

磯平が足を止めた。

「ええ」

栄次郎も立ち止まった。

「じつは、同心の旦那からきいたんですが、矢内さまはかどわかされた三人は船で連れて行かれたと考えているとか」

さっそく、崎田孫兵衛が同心に話したようだ。口ではあんなことを言っていたが、孫兵衛も船の可能性を否定出来ないと思ったようだ。

「そうです。柳橋の船宿『美川家』の政吉という船頭が荷足船の荷物の陰から赤い着物の一部がはみ出しているのを見ていたそうなんです。時間的にいって、芝居小屋から連れ出されたおなみさんではないかと思うのです」

「そうですか。じつは、あっしたちはかどわかしの片棒を担いだ駕籠かきを探しているんです。まさか、駕籠かきが仲間ってことはないと思いましてね。きっと、金をもらって手を貸したんだと考えたんです」

「で、どうでしたか」

「駕籠を見知らぬ男に貸したという駕籠かきが見つかりました」

「駕籠を貸した？」

「ええ。かどわかしがあった日のちょうどその時間帯に、一回一両で駕籠を貸したそうです」

「貸した相手は？」

「髭をはやした隠居ふうの年寄りだそうです。駕籠から離れたとき、肩の筋肉の盛り上がったふたりの男が現れ、駕籠を担いでいったそうです。顔を見ていません」

「そうですか。髭をはやし隠居ふうの年寄りというのも変装しているのかもしれませんね。そこから、手繰《たぐ》るのは難しそうですね」

「ええ。ただ、お蝶を乗せたと思われる駕籠は茅町から神田川に向かった形跡があるのですが、神田川から先は駕籠を見た者はいません。そう考えると、矢内さんの仰るように船が考えられます」

　さらに、磯平は続けた。

「それに、駕籠を担いだのは本職の駕籠かきではありませんから、人間ひとり乗せて、そんな長い時間を担いでいけません。そう考えても、船の可能性が高いと思います」

「親分のほうの調べでもそういう結論であれば、船を使ったと言い切っていいように思います」

「そこで、今戸・橋場辺りをしらみ潰しをしてみようと思うのですが、じつはこの件に取りかかれる人数がいないんです」

「ひょっとして、明烏の探索の影響なのですね」

「そうなんです。明烏は三年前から大きな仕事をし、これまでに五千両以上は稼いでいると思われます」

「手掛かりはないそうですね」

「まったくありません。奉行所上げて明烏一味の探索を続けて来たのですが、何も証拠を残していないんです。まるで、雲を摑むような話になってます。ところが、これまでの流れでは、今月が危ない」

磯平は悔しそうに、

「そういうわけで、かどわかし事件で動けるのはほとんどいないんですよ」

磯平は吐き捨てた。

「親分と配下の者、それに同心の旦那ですね」

栄次郎は確かめた。

「そうなんです。それだけの人数では満足に探索しろというのが無理なんです」

「しかし、かどわかしのほうは三人の命がかかっているんだ」

栄次郎は珍しく声を荒らげた。

「明烏の件では、お奉行は老中から尻を叩かれているらしく、奉行所の威信をかけて探索に向かっているのです」

「でも、そっちも進展がないのでしょう」

「ええ。だから、奉行所も焦っているんです」

栄次郎はひとの命がかかっているのをおざなりにする奉行所に腹立たしい思いがした。

庶民の命よりもお奉行の身のほうが大事なのだ。

ようするにお上《かみ》は当てにならないということだ。

「わかりました。私たちだけで三人を助けるしかありません」

「ええ」

「新八さんが今戸・橋場に聞き込みに行っています。磯平親分も船の行方のほうに力を入れてくださいますか」

「わかりやした。子分を集め、橋場に向かいます」

「私も行きます」

「じゃあ、あとで」

磯平はひと足先に境内を出て行った。

栄次郎は改めて拝殿に向かい、三人の無事を願った。

鳥越神社を出てから、栄次郎は蔵前通りに出て浅草御門に向かった。

浅草橋の手前を大川のほうに折れ、柳橋の手前にある船宿『美川屋』に入った。

でっぷりとした女将に、

「政吉さんという船頭さんはいますか」

と、栄次郎は声をかけた。

「政さんは出ているかえ」

女将は背後の番頭ふうの男に声をかけた。

「いや、出てません」

番頭が答えたとき、戸口にいた女中が、

「政吉さんは船を洗ってます」

と、女将に告げた。

「そう」

女将は栄次郎に顔を向けてきいた。

「政吉はおりますが、どんな御用でしょうか」

「政吉さんに猪牙を橋場までお願いしたいんです」

「畏まりました。政さんに伝えておくれ」

　女将が声をかけると、女中が外に出て行った。

「さあ、どうぞ」

　番頭らしき男が栄次郎を船着場まで案内した。

　待っていた猪牙舟の船頭は二十半ばぐらいの陽に焼けた顔の細身の男だった。政吉だろう。やせているが、肩の筋肉は盛り上がっていた。

　栄次郎が乗り込むと、政吉は棹で船を押しやった。

「政吉さんだね」

　栄次郎は船頭に訊ねた。

「へい、政吉です。どうして、あっしのことを?」

「先日、新八という者が日本橋川で見た荷足船の件で訊ねたと思うが、私はその男の知り合いだ」

「そうですかえ」

　岸を離れ、政吉は棹から櫓に変えた。

「その荷足船の特徴を覚えていませんか。提灯の紋は？」

「確か、黒い丸が三つ」

「黒い丸……」

栄次郎はその文様を頭に描いた。

「その他に何か気づいたことはありませんか」

「さあ、暗かったし……。あっ、そういえば」

政吉が何か思い出したようだった。

「船は荷をたくさん積んでいた割りには船足は早かったように思いました」

「船足が早い？」

「ええ。喫水が浅かったからです。つまり、大きな荷を幾つも積んでいましたが、荷は軽いものばかりだったようです」

「どういうことなんでしょうね」

「空箱ばかりを積んでいたのかもしれません。その上に莚をかけてあったので、よくわかりませんが」

なぜ、空箱なのか。栄次郎はすぐにはぴんとこなかった。

猪牙舟は左手に浅草御米蔵を見た。首尾の松が枝を大きく川に伸ばしている。やがて御厩《おうまや》の渡し場を過ぎると、黒船町のお秋の家の屋根が見えて来た。

波は穏やかだが、川風は冷たい。駒形堂を過ぎ、吾妻橋をくぐった。待乳山《まっちやま》が見える。この辺りは都鳥《みやこどり》が舞い、名所のひとつである。

山谷堀に他の猪牙舟が入って行く。吉原通いの客を乗せているのだろう。大川沿いに町屋が細長く続いているが、その向こう側は寺が多い。

栄次郎を乗せた船は橋場に差しかかった。桟橋に着いて、栄次郎は岸に上がった。

この一帯は風光明媚であり、この先の真崎稲荷《まさきいなり》の前には田楽《でんがく》を食べさせる茶屋が並び、賑わっているところだ。小粋な家や大店の寮なども多い。

だが、橋場町を突っ切ると、浅茅ヶ原といって荒涼たる野原が広がっている。ここから、さらに行けば小塚原の仕置き場である。

田畑も多く、寒々とした光景に一転する。

おなみを乗せた船は橋場の船着場に着き、女を下ろしてどこかに去って行ったのではないか。この一帯のどこかに、かどわかされた三人がいるような気がしてならない。

栄次郎は橋場の町を歩いた。真崎稲荷に出た。その隣は石浜神社まで足を伸ばした。

そして、お染の実家の『百扇堂』の寮がこの近くにあることを思い出した。

四

八月十五日。朝から晴れて、満月は十分に堪能出来そうだった。

栄次郎は三味線を持ち、吉右衛門、新八、そしておゆうとともに、『百扇堂』の使いの手代ふうの男の案内で、昼過ぎに柳橋の船宿から屋根船に乗り込んだ。

四人を橋場の寮に招くために、お染はわざわざ屋根船を用意してくれたのだ。

「豪勢なものですねえ」

新八が感心して言う。

波が高く、船は少し揺れたが無事に橋場に着いた。順に岸に上がり、手代ふうの男の案内で、四人は石浜神社の近くになる黒板塀に囲まれた小粋な二階家に着いた。

総檜造りの豪奢な建物で、最初は入口脇の小部屋に通されたが、しばらくして再び手代がやって来て、廊下伝いに庭に面した部屋に通された。

庭のすぐ向こうは大川で、さらに対岸の水神の杜《もり》が借景《しやっけい》として見事な取り合わせを見せていた。

しばらくして、お染が例の大年増を引き連れて現れた。

「きょうはよくお出でくださいました」

大年増が挨拶をした。

「お招きいただき、ありがたく存じます。こちらにいるのは弟子の新八、そしておゆうにございます。どうぞ、お見知りおきを」

お染がおゆうを見て細い眉の下の目が鈍く光ったのを、栄次郎は見逃さなかった。一瞬だったが、おゆうを敵視した眼光に違いない。

栄次郎はおゆうを見た。お染の敵意に満ちた視線に気づくことなく、おゆうはにこやかな顔をした。

やがて、酒が振る舞われた。女中が、みなに酌をした。

下り酒の上物だろう、適度に辛味があって口当たりがよかった。

「この辺りはまことに風光明媚でございますな」

如才なく、吉右衛門が感嘆したように言う。

「はい。冬は雪の大川、春は桜とそれぞれ趣のある風景が目を楽しませてくれます」

大年増がにこやかに言う。その間、お染は少し皮肉そうに口許を歪め、栄次郎とおゆうの顔を交互に見ていた。

おゆうはお染の派手な美しさに圧倒されていた。

「あの女はいけませんぜ。あの女の美しさは毒を含んだ美しさです。ふつうの人間じゃありませんぜ。栄次郎さん、関わってはだめですぜ」

春蝶の声が蘇った。

栄次郎はふと判断を誤ったのではないかと思った。おゆうを連れて来たことだ。お染は嫉妬の炎を燃やし、ますます栄次郎に狂った思いをぶつけてくるのではないか。

「こちらの娘さん、おゆうさんと仰いましたね。おゆうさんも三味線をおやりになるのですか」

大年増がおゆうに顔を向けた。

「いえ、三味線はやりません。唄です」

おゆうが強張った声で答えた。

「さようでございますか。では、きょうも吉栄さんの三味線で唄を？」

「はい。やらせていただこうと思っています」

おゆうは表情を輝かせて言った。

「それは楽しみですこと。ねえ、お嬢さま」

大年増はお染に声をかけた。

「そうですね。とても楽しみですわ」

お染は口許に笑みを湛えたが、目は笑っていなかった。

「さあ、遠慮なさらずにお召し上がれ」

大年増が酒を勧めた。

女中が吉右衛門に酌をし、栄次郎の盃にも酒を注いだ。だが、栄次郎は酒を口にせず、盃を膳に戻した。

栄次郎はなるたけ酒を控えた。どこか、お染は油断ならぬ女だという警戒心が働いたのだ。

それから半刻（一時間）近く、酒ととりとめのない話で時間が過ぎた。

「そろそろ、聞かせていただこうではありませぬか」

大年増が言うと、女中たちは部屋の隅に下がった。

栄次郎は三味線を取り出し、三下《さんさが》りに音締めを整える。

「では、長唄の『黒髪』を」

『黒髪』は天明四年（一七八四）、江戸中村座の顔見世興行で、『大商《おおあきない》蛭小島《ひるがこじま》』という狂言の中で唄われた。伊東祐親《いとうすけちか》の息女辰姫《たつひめ》が愛する頼朝《よりとも》を北条政子《ほうじょうまさこ》に譲ったものの、嫉妬を押さえきれずに狂おしく髪を梳くという内容である。

栄次郎は三味線を構え、はっと声を出し、撥を叩いた。

黒髪の　結ぼれたる思いには　解けて寝た夜の枕とて
ひとり寝る夜の仇枕　袖は片敷くつまぢゃというて
愚痴な女子の心も知らず　しんと更けたる鐘の声
ゆうべの夢の今朝さめて　ゆかしなつかしやるせなや
積もるとは知らで　積もる白雪

好きな男への執念と嫉妬の味を出すには、おゆうはまだ若く、情念には欠けるものの、女の切なさを十分に表現していた。

三味線を置いたとき、お染の目が妖しく燃えていたことに気がついて、栄次郎は背筋を冷たくした。

そのあと、栄次郎の三味線と新八の唄、師匠吉右衛門が弾き語りで幾つか唄を披露した。聞いているのはお染と大年増の女のふたりだけである。

陽が落ちて来て、酒膳が用意された。

縁側に台が置かれ、三方《さんぽう》に柿、栗、枝豆、里芋の衣かつぎ、さらには団子に尾花、女郎花が添えられていた。

さっきから、お染はほとんど口をきかない。口を開くのは大年増だけであり、栄次郎も大年増の問いかけに答えるだけで、ほとんど窮屈な時間を過ごした。

おゆうが厠に立った。女中が案内に立った。

鋭い目で、お染はおゆうの背中を見送った。嫉妬に狂った辰姫のように、狂おしい表情だった。

おゆうが戻って来たのを、お染は冷たい目で迎えた。

それからしばらくして、栄次郎が厠に立った。外から見るより大きな家で、部屋数もたくさんあるようだった。

厠の帰り、縁側に立ち止まり、庭に目をやった。満月が皓々たる明かりを射しかけている。

ふと、自分を呼ぶような声を聞いた。耳を澄ましたが、秋の虫の音《ね》が聞こえるだけだ。気のせいだったかもしれない。

栄次郎は部屋に戻った。入れ代わって、新八が厠に立つ。

「吉栄さんとおゆうさんはどのようなご関係なのですか」

大年増が無遠慮にきいた。

「兄弟弟子です」

栄次郎はちらっとお染を見て答えた。

「お互いに好き合っているのですか」

いきなり、お染が口をきいた。

「いいえ、そういう間柄ではありません」

「そう」

お染は含み笑いをして、盃を口に運んだ。

栄次郎はいやな予感がした。お染はおゆうに反感を持っている。栄次郎に近寄る女はことごとく敵なのかもしれない。

やはり、異常なのだ。美しい女だけに、不気味さは募った。

「おゆうさんはお家はどちらですか」

大年増がきいた。

「はい。神田佐久間町です」

「佐久間町の何というお店ですか」

「お店ではありません。町火消の『ほ』の頭取です」

大年増がお染と顔を見合せた。目顔で何か言ったようだが、もちろん栄次郎にはわからない。

どこか気づまりな雰囲気を破るように、

「端唄《はうた》でもやりましょう」

と、師匠が三味線に手を伸ばした。


五つ（八時）になり、吉右衛門は切り出した。

「そろそろお暇《いとま》したいと存じます」

「もう、そのような時刻ですか。まこと、時の流れの早いこと」

大年増がため息混じりに言う。

「今宵はお招きいただき、まことにありがとうございました」

吉右衛門に続き、栄次郎も挨拶する。

「すっかりごちそうになりました」

「なんの。これに懲りず、ぜひまた来ていただきとう存じます」

大年増が答える。

「おゆうさん。ぜひ、また」

お染がおゆうの顔を見て言った。

「はい。喜んで」

おゆうは無邪気に答えた。

「栄次郎さまもぜひ」

「はあ」

栄次郎は曖昧に答えた。

「では」

吉右衛門が立ち上がり、栄次郎たちも続いた。

帰りも屋根船に乗り込んだ。夜はすっかり冷え、手焙りが用意されていた。まん丸な月が皓々たる明かりを射しかけている。

真っ暗な中に一カ所だけ明るい場所があった。吉原である。たくさんの提灯や軒行灯の明かり、妓楼の明かりが暗い空を赤黒く染めていた。

「なんだか、妙な席でしたね」

新八が声を落として言った。

「ええ、私もなんとなく落ち着きませんでした」

おゆうも言う。

「おふたかたには申し訳ないことをいたしました。じつは、あえておふたりにはつきあっていただいたのです」

吉右衛門が新八とおゆうに頭を下げてから続けた。

「お染さんという女子は鬼女と思っております。あの魔性から吉栄さんを守るためにつきあっていただいたのです」

「そうでしたか。女の私から見ても、あのお方は不気味でした。栄次郎さまを見る目つきもふつうではありませんでした」

「確かに」

新八も応じる。

「ある意味、お染という女は『道成寺』の清姫かもしれません」

僧安珍に一目惚れをし、裏切られたことを恨みに思い、どこまでも安珍を追って行った清姫。最後には、大蛇となって道成寺の鐘の中に隠れた安珍を焼き殺すという壮絶な恋物語だ。

「あの家に他には誰か住んでいるのかしら」

おゆうが興味を持ったようにきいた。

「寮だから、ふだんは番人ぐらいしかいないんじゃないですか」

新八が答える。

「そうですよね。ただ、厠の帰り、間違えて廊下を反対方向に行ったら何か聞こえたんです」

「聞こえた？」

栄次郎が聞きとがめた。

「ええ。なんだか女のひとのうめき声のようにも思えました」

うむと、栄次郎は唸った。

栄次郎も厠の帰り、自分を呼ぶような声にならない声を聞いた気がした。錯覚だと思ったが、おゆうも女の声を聞いているとなると……。

新八も何かを察したらしく、栄次郎の顔を見た。栄次郎は目顔で、あとでと言った。伝わったのか、新八は何も言わなかった。

「ともかく、無事に済んでよございました。これで、大和屋さんへの義理も立ちました」

吉右衛門が安心したように言った。

船は神田川に入り、船宿に着いた。

浅草橋を渡って吉右衛門と別れ、おゆうを佐久間町の家まで送り、栄次郎と新八はふたりだけになった。

待ちかねたように、新八が言った。

「栄次郎さん。まさか、あの寮に三人が……」

「ええ、かどわかしがお染の仕業だったことは十分に考えられます。春蝶さんも言っていました。お染は鬼女だと」

「明日、忍び込んでみます」

「私は、大和屋さんに行ってから向かいます。真崎稲荷の境内で落ち合いましょう」

「わかりました」

明神下の角で新八と別れ、栄次郎は本郷通りから屋敷に帰った。


翌日の昼下がり、栄次郎は蔵前の札差『大和屋』を訪れた。

栄次郎は客間に通された。この並びに舞台が設えられていて、栄次郎はその舞台にも立ったことがある。

「昼前に、吉右衛門師匠がご挨拶に見えました」

大和屋がにこやかに言った。

「そうですか。おかげで無事に済ますことが出来ました」

「よございました」

「ところで、お染さんのことですが？」

栄次郎は切り出した。

「大和屋さんとお染さんの関係をまず教えてくださいませぬか」

大和屋は穏やかな表情で頷き、

「お染さんの父親の京三郎《きょうざぶろう》さんとは吉原で同じ花魁を張り合い、最後は向こうがおりてくれました。それから、つきあいがはじまりましてね」

「それはいつごろのことですか」

「十年ぐらい前だと思います」

「下世話な興味でおききするのですが、『百扇堂』はそれほど儲かっているのですか。いえ、たとえ負けたとはいえ、天下の大和屋さんと張り合うことが出来るのは相当な稼ぎがないとならないと思いまして」

栄次郎は遠回しにきいた。

「高級な小間物を扱っておりますからね。何人もの手代が大きな商家や武家屋敷に行商で出向いているのです。だいぶ、儲けがあるみたいですね」

「お染さんの父親の京三郎さんはどんなお方なのですか」

「五十を過ぎていますが、最近は病床にいるようです。ですから、今はお染さんがお店を束ねているそうです」

「奉公人は何人ぐらい、いるのでしょうか」

「お店にいるのは五人ぐらいだそうで、行商に歩きまわっているのは十人以上はいるようです」

「変なことをお訊ねしますが、『百扇堂』さんは船を持っていますか」

「船ですか。持っていないと思いますよ。船など必要ありませんからね」

大和屋は否定した。

では、船はどうやって手に入れたのか。それとも、どこかから盗み出したのか。そうだとしたら、奉行所の耳にも入るはずだ。

「大和屋さんは、『百扇堂』の橋場の寮に行ったことはあるのですか」

「ええ、二度ほど」

大和屋はさすがにこの頃になると、不審を抱きだしたようだ。

「『百扇堂』さんに何か」

大和屋がきいた。

お染が三人の女をかどわかしたとは証拠がないので言えない。そこで、栄次郎はある口実を思いついた。

「じつは、お染さんが私のことを気に入ってくださっているようなのです。これからも、お誘いを受けるかもしれません。ですが、私はお染さんのことを何も知らないのです。それで、失礼かと思いましたが、いろいろお訊ねしているのです」

「そうです。お染さんは、矢内さまにだいぶ熱を上げられているようです。お染さんは自分の婿《むこ》にし、『百扇堂』のあとを継がそうとしているのかもしれません」

まさか、そこまでの考えはないと思うが、それでも用心したほうがいい。

栄次郎は礼を言って大和屋と別れ、外に出ると蔵前通りを浅草方面に向かった。

途中、黒船町を通ったがお秋の家に寄らず、そのまま花川戸を通って橋場に向かった。

今戸橋を渡り、左手に寺の続く道を急ぎ、やがて橋場町に入ると、真崎稲荷まであと僅かだった。

少し先の角を曲がって行った男に気づいた。磯平親分だ。どうやら、この界隈の探索を続けているようだ。

だが、磯平にお染のことを話すまでには至っていない。証となるものは何もないのだ。

それに、お染が三人の女をかどわかした黒幕とは信じ難いのだ。だが、三人の女が栄次郎に関わり、お染が栄次郎に異常な執念を燃やしているとなると、その可能性も否定出来ない。

栄次郎が真崎稲荷の境内に入って行くと、茶屋の縁台に新八が座っていた。

栄次郎も隣りに腰を下ろした。新八は甘酒を飲んでいた。

派手な前掛けを締めた茶汲み女に、栄次郎も甘酒を頼んだ。

「忍び込んでみました」

茶汲み女が去ってから、新八が小声で言った。

「もう、忍び込んだのですか」

「ええ。幸い、ひともいないようだったので。ただ、塀には鋭く尖った忍び返しがついていて、侵入には苦労しました。これ見てください」

新八は袖をまくった。肘の辺りに傷があった。

「たいしたことはありませんが、どじを踏みました」

「見つからなかったのですね」

栄次郎は確かめた。

三人がとらわれていたら、真っ先に見つけたと言うはずだ。

「ええ。すべての部屋を見ましたが、三人がいた形跡はありませんでした。それに、三人を閉じ込めておくような座敷牢みたいなものもありません」

「そうでしたか。どうやら、考え過ぎだったかもしれませんね」

「ええ……」

「どうしました？」

新八がすっきりしない顔をしていたので、栄次郎はきいた。

「じつは、きのうあっしたちがいた部屋の壁を隔てた裏手の部屋に入ったとき、これが部屋の隅に落ちていたんです」

新八は懐から赤い縮緬《ちりめん》の小物を取り出した。

「これは匂い袋ですね」

「お染かあの大年増か、あるいは女中が落としたものかもしれません。でも、おゆうさんは女のうめき声を聞いたような気がすると言ってましたね」

「うむ。なるほど。きのうまで、その部屋に三人が猿ぐつわをかませられてとらわれていたというのですね」

「ええ。きのう、あのあと、どこか別の場所に連れ去られたってことはないでしょうか」

「そのことも考えられますね」

そうだとすると、もうひとつ別に隠れ家があることになるが……。

茶汲み女が甘酒を運んで来た。

湯気が立っている。栄次郎はひと口すすった。

どうも、別に隠れ家があるとは考えづらい。

「この匂い袋が三人のうちの誰かのものか調べてみます。これ、預かっていてよろしいですか」

栄次郎は匂い袋を懐にしまった。

「そうそう、さっき磯平親分を見かけました」

栄次郎は思い出して言った。

「ああ、あっしも見かけました。声をかけてはいませんが……。栄次郎さん、お染は岡っ引きがうろついていたので三人をどこかに移したとは考えられませんか」

「そうですね。岡っ引きがうろつくのは相手を警戒させてしまうかもしれませんね」

いや、もう相手を警戒させてしまっている。栄次郎は吐息をもらした。

甘酒を飲み干してから、

「じゃあ、私はさっそくこの匂い袋の持ち主を探してみます」

と言い、栄次郎は立ち上がった。

「あっしは、もうひとつの隠れ家を探してみます」

新八も立ち上がって言った。

真崎稲荷を出て新八と別れ、今戸のほうに向かう途中、磯平とばったり会った。

「これは矢内さま」

磯平は挨拶した。

「どうでしたか」

「ええ。案の定、おなみが連れ去られた日の夜、長持《ながもち》を担いだふたりの男が目撃されていました」

「長持ですって」

栄次郎はあっと思った。

「その中にかどわかした女を……」

「ええ。そうだと思います。夜に長持を運ぶのはふつうじゃありません。女を隠してあったとみていいでしょう。やはり、この界隈に連れ込んだんです」

「ええ」

「これからも、その長持を見ていた人間を探します。矢内さまのほうはいかがですか」

「いえ、特には」

まだ、お染のことは口に出来なかった。

「親分。お蝶の旦那の殺しの件ですが、あの婆さんは今、どうなっているんですか」

「小伝馬町の牢屋敷の女牢に入ってます。お蝶が見つからないと、なかなか吟味がはじめられないみたいです」

「そうですか」

匂い袋がお蝶のものか見てもらおうと思ったのだが牢屋敷ではそうもいかない。崎田の旦那に頼むか。しかし、事情を話さないと引き受けてもらえないだろう。

「じゃあ、あっしたちは引き続き探索をしますので」

「あっ、親分。もし、この近くに隠れ家があったら親分たちが探索していることがわかってしまうかもしれません」

「そうですね。わかりました。姿を変えたほうがいいかもしれませんね」

素直に言い、磯平は離れて行った。

栄次郎は来た道を逆に行く。今戸橋を渡った頃から夕陽も沈み、辺りは暗くなってきた。吾妻橋の西詰を過ぎてから浅草寺弁天山の鐘が暮六つを告げはじめた。

駒形を過ぎ、黒船町のお秋の家に寄ったが、今夜は崎田孫兵衛は来ていなかった。

第四章　悪の後継者

一

翌日、栄次郎は岩本町にある炭問屋『山木屋』の前にやって来た。

おなみが行方不明のままで、店全体が沈んでいるようだ。

栄次郎は家人の出入り口のほうにまわり、戸を開けて奥に向かって来訪を告げた。

すぐに薄暗い奥から、年配の女が現れた。女中頭のおつねだ。

「あっ、矢内さま」

おつねは腰を落として、

「何かわかったのでしょうか」

と、いきなりきいた。頬がこけ、やつれが目立った。

「いえ。でも、ご安心ください。だんだん、かどわかされている場所に迫っています。近いうちに、必ず手掛かりが摑めるはずです」

栄次郎は力づけるように言った。

「どうか、よろしくお願いします」

おつねは縋《すが》るように言った。

「じつは、これを見ていただきたいのです」

栄次郎は懐から匂い袋を取り出した。

「これはおなみさんのものではありませんか」

「いえ、違います」

おつねは首を横に振った。

「これが何か」

「ある場所で発見されたのです。三人のうちの誰かのものだとしたら、大きな手掛かりになるのですが」

「まあ」

「他のふたりのほうを当たってみます。お邪魔しました」

「どうか、早くお嬢さまを」

「はい」

栄次郎は外に出た。

それから、深川を目指した。

芝居町を過ぎて、おなみが船に乗せられたと思われる鎧河岸の辺りを通り、永代橋を渡った。

一の鳥居を過ぎて門前仲町にやって来た。

午前でもひと通りが多い。通りから離れ裏通りに入ると、娼家の板塀が続く一帯に出る。柳が風に揺れていた。

朝の光の中で見る娼家はただの薄汚れた建物で、小粋に見せるベンガラ格子の窓も色あせて、夜の表情とはまったく別の疲れた中年女の顔を見せていた。

朝帰りの客を送り出し、娼妓たちは就寝している時間に違いない。だが、栄次郎は結果を早く知りたいので、あえて『一よし』に向かった。

戸は閉まっていたが、手をかけると軽く開いた。

栄次郎は土間に入り、内証のほうに声をかけた。

「誰だえ」

内証から女将の声がした。

「矢内栄次郎です」

「あれ、栄次郎さんかえ」

丸顔の女将が出て来た。

「まだ、みな寝ているよ」

「ええ。じつはちょっとこれを見ていただきたいんです。これです」

栄次郎は匂い袋を取り出して見せた。

「これ、おさんさんのものではありませんか」

「いや、違うね。おさんは、こんなものを身につけなかった。部屋に香を焚くけど、身にはつけないね」

「そうですか」

「まったく、おさんはどうしているのやら」

女将はやりきれないように言う。

「必ず、助け出します。もうしばらく待ってください」

栄次郎はここでも力づけるように言った。

おしまを起こそうというのを押しとどめ、栄次郎は『一よし』をあとにした。

栄次郎は自身番を訪ね、岡っ引きの平吉の居場所を訊ねた。詰めていた家主がちょっと前にここを出て行ったというので、栄次郎は永代寺の山門前を過ぎ、冬木町へと向かう途中で深川三十三間町《さんじゅうさんげんまち》の辻で、平吉の姿を見つけた。

足早に近づき、栄次郎は声をかけた。

「平吉親分」

平吉は立ち止まって振り返った。

「矢内さまでしたか」

平吉は腰をかがめた。

「すみません、呼び止めて。その後、助三殺しの件で何か手掛かりは見つかりましたか」

「助三がふたりの男といっしょに歩いていたのを見ていた者が見つかりましたが、二十半ばから三十ぐらいの男というだけで顔などはわからないんです。ですから、その後はさっぱり」

「『一よし』の近くの娼家に出入りをしていた客はいかがですか」

「いちおう、客も調べたのですが、まだ十分に探しきれていません」

「そうですか」

おさんを誘い出したのは栄次郎が『一よし』に出入りしていることを知っている人

間だ。それが客だと思ったのだが……。

「客のことはどうやって調べているのですか」

「娼家の妓からきき出しています。でも、おさんのことを気にした客はいないということです」

「もし、娼妓が嘘をついていたらわからないわけですね」

「そうですが、妓が嘘をつくとは思えません」

「客をかばっているということはありませんか」

「それはないと思いますが」

どうも平吉はそれほど熱心に娼妓から話をきき出したとは思えない。助三殺しが起こり、そっちに探索の目が向いて、おさんのほうはおざなりになっているような気がした。これも、『明烏』一味の探索が優先され、その皺寄せがきているのだ。

ふと、栄次郎はあることに思いが向いた。

「娼妓の間夫だったら……」

「えっ？」

「かどわかしの一味の中に娼妓の間夫がいたらどうでしょうか。その間夫は、女に会いに来たとき、私が『一よし』に入って行くのを見ていたのでは……」

栄次郎は自分に言い聞かせるように言った。

「間夫ですか」

平吉の目が光った。

「なるほど、その線でもう一度、当たってみましょう」

「お願いします」

平吉と別れ、仙台堀に出て海辺橋を渡り、栄次郎は本所に足を向けた。

両国橋を渡り、浅草御門をくぐって蔵前通りに入り、鳥越神社裏手の吉右衛門師匠の家に向かった。

師匠の家に入ると、きょうは稽古日で土間に履物がたくさん並んでいた。稽古の順番を待っている弟子が上がり口にある部屋で茶を飲みながら談笑していた。

「吉栄さん、どうぞ」

職人の親方が座を空けようとしたので、栄次郎はあわてて、

「いえ、きょうは師匠にお話があってきただけですので、また出直します」

「そうですかえ」

横丁の隠居が残念そうに言う。

「じゃあ、また」

栄次郎は外に出た。

三味線の稽古をしているのはおゆうだった。おゆうも三味線の稽古をはじめると言っていた。そのうち、おゆうの糸で自分が唄ってもいいかもしれないと思いながら、師匠の家をあとにした。

蔵前通りに出て、お秋の家に向かった。

空は澄みきっている。おさん、お蝶、おなみの三人は秋の陽射しを浴びることも、ひんやりとした風を顔に受けることも出来ずにいるのだろう。

早く助けてやりたい。お染の仕業であろうか。お染の異常な態度を考えたら、お染がかどわかしの黒幕のように思えて来た。

なぜ、そんな真似をしたのか。お染の栄次郎に対する異常な熱情が理由かもしれない。今まで、女が自分にそれほどの熱情を抱くとは思いもしなかった。だから、三人がかどわかされた理由もなかなか考えつかなかった。

だが、先日、春蝶に言われた言葉が栄次郎を気づかせた。春蝶はこう言ったのだ。

「黒紋付に袴姿で三味線を構えた栄次郎さんの姿はじつに色っぽい。気品のある色気です。どんな看板役者だろうが、三味線を弾いているときの栄次郎さんには敵いません。男の色気や艶が滲み出ております。栄次郎さんは自分で気づかないだけです」

ぴんとこなかったが、三味線を弾いているときは自分であって自分ではないのかもしれないと思った。

芝居小屋で見る吉栄の栄次郎とふだんの栄次郎はまったく別人である。三味線を弾いているのは吉栄であり、栄次郎ではない。おさんは違うが、お蝶もおなみも、そしてお染も虚像を見ているのだ。

さらに、その中でお染だけが蛇のような執着心を持っていた。それが、三人のかどわかしにつながったのではないか。

しかし、三人をかどわかして何をするつもりなのか。吉栄に熱を上げている女たちが目障りだったのか。

お秋の家に着くと、お秋が飛び出して来た。

「お客が待っているわ」

少し強張った顔なのは、客が女だからだろう。

「そう。誰、あのひと?」

「いえ、わかりません。名は?」

「お露さん」

「お露?」

あっと思った。栄次郎は大刀を腰から外して、二階に上がった。

いつもの小部屋に入ると、お染の付添いの大年増だった。

「やはり、あなたでしたか」

栄次郎は刀掛けに刀を掛けてから、大年増と向かい合った。

「押しかけて申し訳ございません」

お露は辞儀をした。

「こちらこそ、先日はご馳走になりました」

「そこで、お嬢さまがもう一度、吉栄さまにお会いしたいと申しております。なんですか、別れたあとも、吉栄さまのことばかり」

「はあ」

栄次郎は息が詰まりそうになった。

「いかがでございましょうか。明後日でも、また橋場のほうにお越しいただけませぬでしょうか。今度は、あなたさまおひとりで」

「いえ、せっかくのお言葉でございますが、今とりかかっていることがありまして、時間がとれそうにもありませぬ。どうか、ご容赦ください」

「そこをなんとか」

「申し訳ございません。それに、いちおう、師匠にもお話をしませぬと。おそらく、ひとりでというわけには参らないと思います」

「お嬢さまのご希望は吉栄さまおひとりでということでございます。杵屋の師匠には黙っていればよろしいのではありませぬか」

「いえ、あとでわかったら叱られますゆえ」

「知られぬようにいたします。ですから、どうぞ、おひとりで」

「申し訳ございません」

栄次郎は頭を下げ、拒絶の姿勢を見せた。

「よろしゅうございます。明後日のお昼過ぎに、お迎えにまいります。そのとき、いやならいやと仰ってくださいませ。お邪魔いたしました」

何度来られても無駄ですと言おうとしたが、その前にお露は立ち上がった。

そして、部屋を出るときに振り返った顔に笑みが浮かんでいたのを見て、栄次郎は背筋をぞっとさせた。

しばらくして、お秋がやって来た。

「お客さん、帰りました。また、明後日、来ると言ってました」

「そうですか」

栄次郎はうんざりした。

「どういうお方なのですか」

「三味線の贔屓筋です」

「なんだか、色気たっぷりな大年増ですね」

お秋は口許を歪めた。

廊下から、女将さんという女中の声がして、お秋が部屋を出て行った。逢引きの客が来たのかもしれない。

ひとりになって、栄次郎は胸を圧迫されるような思いに苦しめられた。だんだん、お染が本性を露《あらわ》にしてくるようだった。

ここで逃げれば、お染が清姫のように蛇になって栄次郎を追い掛けてくるかもしれない。そんな不安をもった。

お秋の声で、ふと栄次郎は我に返った。部屋の中が薄暗くなっていた。そんな長い時間が経っていたのかと、栄次郎は驚いた。

「どうかしたんですか」

お秋が心配そうにきいた。

「なんでもありません」

「そうですか」

お秋は小首を傾げながら出て行こうとした。

「お秋さん」

栄次郎は呼び止めた。

「きょう、崎田さまはお見えになりますか」

「ええ。見えるはず。最近、頻繁にやって来るの」

お秋は顔をしかめ、

「旦那に何か」

と、きいた。

「お願いしたいことがあるんです」

「そう。じゃあ、話しておくわ」

お秋が部屋を出て行った。

入れ代わるように、新八がやって来た。

「ご苦労さまです。どうでしたか」

「まだ、見つかりません。あの寮から三人を別の場所に連れて行くとなると、かなりな大仕事になると思いますが、今のところあやしい集団を見たという人間はいません」

それは予想していたことだ。

「ただ、やはり岡っ引きが嗅ぎまわっているのに気づいたのか、あの寮の警戒が厳しくなりました」

「警戒が厳しいとは？」

「男たちが警戒するようにうろついているんです。ひとを増やしたようです」

「なぜ、そんなに警戒する必要があるのでしょうか」

栄次郎は妙に思った。警戒するというのは、何かがあるからだ。しかし、かどわかした三人はあの寮にいない。

「栄次郎さん。匂い袋はいかがでしたか」

「おなみさんとおさんさんのものではないようです。お蝶さんのものと考えられますが、世話焼きの婆さんが牢に入っていて話をきけないんです。今夜、崎田さまに牢内にいる婆さんにきいてもらうよう頼んでみようと思います」

「崎田さまが請け合ってくれるでしょうか」

「同心の誰かに頼むだけですから、やってくれると思うのですが」

「栄次郎さん」

新八が表情を変えてきいた。

「どうかなさいましたか。なんだか、屈託がありそうですが」

「ええ。また、お染さんから誘いがかかりました。さっき、ここに例の介添えの大年増がやって来たのです。今度は私ひとりでと」

「なんと執拗な」

呆れたように、新八は顔を歪めた。

「お断りしたのですが、また明後日来ると言い残して行きました」

「やっぱし、あの女、異常ですぜ。なんでも、自分の思いどおりになると思い込んでいやがるんですね」

新八は何かに思いついたように、

「栄次郎さん。ちょっと言いにくいのですが」

と、身を乗り出した。

「なんでしょう」

「三人をかどわかしたのはお染に違いありません。きっと、栄次郎さんを独り占めしたいためです」

「しかし、三人と私は関わりがないんです」

「お染からしてみれば、栄次郎さんに思いを寄せる女は自分だけだと思いたいんじゃないんですか。いや、確かに、ふつうの人間の気持ちからしたら変です。でも、お染はふつうの女じゃない。鬼女です」

「…………」

「お染の口を割らすことが出来るのは栄次郎さんしかいません。どうでしょう。この際、栄次郎さんがお染とふたりきりで対決したら」

「対決ですって」

「お染から三人の行方をきき出すんです」

「お染を騙《だま》して口を割らせるのですね」

「騙すっていうと語弊がありますが、何の手掛かりがない今、もしかしたらそれがとっかかりになって何かが見えてくるかもしれません」

「…………」

栄次郎は考え込んだ。

そう簡単に口を割るかどうか。何か確証があれば……。

「わかりました。もし匂い袋がお蝶さんのものなら、それを証拠にしてお染を問いつめることが出来ます。匂い袋の件を崎田さまにお願いし、その結果によってお染に会いに行きましょう」

道成寺の鐘の中に隠れた安珍を蛇となって鐘に巻きついて焼き殺す場面が脳裏を掠《かす》めた。ひょっとしたら、お染に取り殺されるかもしれないと、栄次郎は身をすくめた。

夜になって、崎田孫兵衛がやって来た。

例によって新八は先に引き上げ、栄次郎が茶の間で孫兵衛の酒の相手をした。そして、時を見計らい、栄次郎は口を開いた。

「崎田さま。お願いがあるのですが」

栄次郎は匂い袋を取り出した。

「かどわかされた三人の女の行方を追って橋場を歩いているとき、これを見つけました」

そう言い、匂い袋を孫兵衛に渡した。

『百扇堂』の寮のことを隠し、道端で見つけたことにしたのは、寮へ行った説明が面倒だったからだ。

「三人のうち、ふたりのものでないことははっきりしました。しかし、もうひとりのお蝶のものかもしれません。そこで、いま女牢内にいるお蝶の家の手伝いの婆さんに、確かめていただきたいのです」

孫兵衛は迷惑そうな顔をしたが、匂い袋を受け取った。

「お蝶の旦那を殴り殺した罪で捕まっている年寄りだな」

「そうです」

「よし、わかった。明日でも、誰かを小伝馬町の牢屋敷にやろう。結果がわしのもとに知らされるのは明後日になるかもしれない」

「はい。それで結構です。よろしくお願いします」

頼み込むのに苦労すると思ったが、案外素直に孫兵衛が請け合ってくれた。きっと、お秋がいつものように口利きをしてくれたのだろう。

孫兵衛はお秋には弱いのだ。

少し酒が入ってから、栄次郎はきいた。

「その後、『明烏』のほうはどうなっていますか」

「南北両奉行所、それに火盗改めも競って探索しているが……」

孫兵衛は渋い顔をした。

まったく進展がないようだ。なにしろ、『明烏』が夜働きするのは半年ごとである。

その半年間、十分に下調べをして、万事に抜かりがない状況で忍び込むのだ。

だが、南北両奉行所と火盗改めの一大探索にも拘わらず、手掛かりが摑めないというのはどういうことなのか。

何か大きな盲点があるのではないか。

「崎田さま。これまでの探索で、何か大事なことを見落としてはおられるのではないでしょうか」

「なに、見落とし？」

「南北両奉行所と火盗改めの探索で、何も引っかからないというのはちと解せません。また、『明烏』は綿密な企てのもとに実行しているのでしょうが、いつも完璧にこなせるとは考えられません。ちょっとした失敗だってしているのではないでしょうか。でも、それを見逃しているんじゃないでしょうか。何も見つからないのではなく、見ているのに見過ごしているものがあるのではないかと思ったのです」

「なるほど」

孫兵衛は顎に手をやって、呟くように続けた。

「見ているのに見過ごしているものか」

「これまでの夜働きの直後の調べで、お役人が見たり聞いたりした中で、肝心なものが見逃されていた可能性があります」

「悔しいが、そなたの申すこと、一理ある。いや、じつはわしもそのようなことを考えていたところだ」

孫兵衛は強がりを言ってから、

「よし。明日、同心たちを集めて、これまでの事件を見直してみよう」

と、目をらんらんと輝かせた。

その夜は孫兵衛が酔いつぶれるのを待つことなく、素直に引き上げることが出来た。

栄次郎は帰途についた。

十五夜が過ぎ、だんだん、月の出が遅くなっていた。

二

翌朝、栄次郎は師匠の家を訪ねた。少し、早い時間だったので、まだ他の弟子は来ていなかった。

吉右衛門と差向いになってから、栄次郎は打ち明けた。

「きのう、お染さんの介添えのお露という女から、今度はひとりで来るようにと誘われました」

「なんと、凄まじい」

吉右衛門は呆れ、そして顔をしかめ、

「もちろん、断りなさい。大和屋さんへの義理は前回で果してあります」

と、吐き捨てるように言った。

「はい。断りました」

匂い袋の件次第によっては、あえて誘いに乗ることもあるが、師匠にはそのことは言わなかった。

「ただ、その後も、何か手立てを講じて迫ってくるのではないかと心配なのです」

栄次郎が不安を口にすると、

「私も贔屓から何度か誘われたことがございますが、このような女の方ははじめてです。春蝶さんなら、いろいろな女のひとを知っているでしょう。相談なさったら、お染さんから逃れる術《すべ》を伝授していただけるかもしれませんね」

と、春蝶の名を出した。

この吉右衛門も玄人《くろうと》の女にもてたようだが、決して溺れるようなことはなかった。だが、同じようにもてても春蝶は複数の女と情欲の世界にどっぷり浸かった。ときには凄まじい女同士の恋の鞘当てがあった。

ある意味、女にだらしなかった春蝶のほうが、今の栄次郎に的確な忠告を与えることが出来るかもしれない。

「そうですね。これから、春蝶さんに会いに行ってきます」

「そうしなさい」

吉右衛門も心配して言った。

栄次郎は師匠の家を出てから、稲荷町に出て入谷坂本町に向かった。

空気が澄んでいてかなたの山の姿がよく見える。草木を渡る風の音が秋のもの悲しさを伝えてきた。

入谷坂本町の春蝶の長屋に到着した。

腰高障子の前に立つと、この時間から三味線の音が聞こえた。稽古をつけているのだろうか。

戸を開けると、春蝶がひとりで三味線を弾いていた。糸の音は春蝶の体から発するうめき声のように切なく栄次郎の胸に迫った。

いったい、どうしたらこういう音が出せるのだろうかと、じっと聞き耳を立てた。

ふいに、糸の音が止んだ。

「栄次郎さん、来ていなすったか」

春蝶が三味線を置いて言った。

「また、邪魔してしまったようですね」

栄次郎は申し訳なさそうに言った。

「いえ、そんなことありません。新しい曲を作っているところですが、先が進まず、つまずいたままなんですよ」

「新しい曲ですか」

「まあ、苦しんでます。で、栄次郎さん。例の女の件ですね」

「わかりますか」

「ええ、顔に書いてあります」

「えっ」

「そりゃ、冗談ですが、この前から間《ま》を置かずの来訪じゃありませんか。まず、その件だと考えるのがふつうでしょう」

「なるほど」

栄次郎は感心してから、

「じつは、また、お染から誘いがかかりました。今度は私ひとりでと」

「そうでしょうな」

春蝶には意外でもなかったようだ。

「お染という女のことなんですが、お蝶という女が行方不明になった話をしましたね。そのほかにふたりの女がかどわかされているんです」

三人とも栄次郎に熱を上げているらしいことを話してから、

「じつは、三人のかどわかしにお染が関わっていたのではないかという疑いがあるんです。ただ、いくら情念のせいとはいえ、そこまでする女がいるものか。春蝶さんの考えをお聞きしたいと思ったのです」

春蝶は目を細め、

「あっしもいろんな女に巡り合ってきました。今、かどわかしをしているときいて、思い出した女がおります。いえ、それはかどわかしではありませんが」

と前置きして、語りはじめた。

「あれは、あっしが三十歳ぐらいのときでした。やくざの親分の情婦に惚れられましてね。あっしは親分が怖かったんですが、なにしろいい女だったもので、あっしも離れられなかった。でも、何事もうまくいくはずはありません。やがて、親分の知るところになったんです。あっしはすくみ上がりました。すると、女はあっしの仲間の新内語りを誘惑したんです。どうしてかってですか。その新内語りは数日後、大川に浮かんでました」

春蝶は苦痛に満ちた顔をして続けた。

「こういうわけですよ。やくざの親分は自分の情婦が新内語りと情を通じていると知ったんです。だから、女はわざと別の新内語りを誘惑し、密会しているところを親分に見つけさせた。つまり、その新内語りはあっしの身代わりに殺されたってわけですよ。企んだのがその女です。それから、その女とどうなったかですかえ。ええ、隠れてつきあいましたよ。だって、つきあわなければ、親分にほんとうのことを言うと威されましたからね」

「女は恐ろしいですね」

「この女はやくざの情婦だったからですよ。ふつうの女だったら、ひとの命を奪ってまで自分の思いを遂げようとはしないでしょう」

春蝶は改めて栄次郎の話に戻した。

「もし、お染という女がかどわかしをしてまで栄次郎さんを自分のものにしようとするのは、もともと他人のものを盗むことになんら抵抗のない人間だからですよ」

「つまり、お染はやくざの親分の情婦のような境遇の女だということですね」

「やくざか、盗っ人かわかりませんが、ひとを殺したりすることになんの抵抗もなく生きてきた女だと思います」

春蝶の言葉で、栄次郎の脳裏を何かが掠めた。だが、その正体はわからなかった。

「栄次郎さん。お染って女はただ者じゃないかもしれませんぜ。もしかしたら、お染は大泥棒の情婦だったってこともあり得ます」

「大泥棒？」

その言葉で、さっき脳裏を掠めたものの正体がわかった。

『明烏』だ。盗っ人の『明烏』一味はまったく正体がわからないという。それは、うまく市井《しせい》に溶け込んでいるからではないか。

三人の女をかどわかした見事な手際は、『明烏』一味の夜働きの鮮やかさに匹敵する。『明烏』一味が女をかどわかした、つまり、お染は『明烏』一味の女なのだ。

もちろん、証拠はない。だが、その可能性は十分にある。市ヶ谷田町にある『百扇堂』は『明烏』一味の根城かもしれない。

栄次郎は大刀を摑んで立ち上がった。

「お帰りですかえ」

春蝶が驚いてきいた。

「春蝶さん、お陰でいろいろわかってきました。詳しいことは後日。失礼します」

栄次郎は急いで土間を出た。

戸口で惣吉と出合ったが、挨拶もそこそこに長屋を飛び出した。

栄次郎は浅草を抜けて、蔵前に急いだ。新八や岡っ引きの磯平はきょうも橋場のほうで探索を続けているはずだ。

したがって、ひとりで行動しなければならない。蔵前通りに出て、やがて、札差『大和屋』の前にやって来た。

店の前にいた番頭に訊ねると、大和屋はさっき外出先から帰ったと言い、奥に向かった。待つほどのことなく、番頭がやって来て、栄次郎を招いた。

この前と同じ、舞台が設えられている並びの部屋に通された。

すぐに大和屋がやって来た。

「たびたび、押しかけてすみません」

「いえ、どうかなさいました」

大和屋はにこやかにきいた。

「また、教えていただきたいのです。『百扇堂』の主人の京三郎さんのことで」

栄次郎は迫るようにきいたので、大和屋は何かを察したのか表情を引き締めた。

「京三郎さんは病床にいるということでしたね。だから、今はお染さんがお店を束ねているのですね」

「ええ、そうです」

「お染さんの介添えのお露さんはどんなお方なのでしょうか」

「さあ、私もよくわかりませんが、たぶん……」

「たぶん？」

「京三郎さんの後添いのような存在かもしれません」

「後添い？　単なる女中ではないのですね」

「ええ、違います。京三郎さんに代わって、あのお方が奉公人を差配し、『百扇堂』を守っているようです。もちろん、病床の京三郎さんの指図を得ているのでしょうが」

『百扇堂』は何人もの手代が大きな商家や武家屋敷に行商で出向いて高級な小間物を売っているという。奉公人は十五人以上はいるということだ。

「この前もおききしましたが、行商だけであれほどの身代を築けるものでしょうか。確かに十人以上で行商に出ているということですが」

橋場に寮を持ち、お染はさんざん金を使っている。それだけの儲けがあることが不思議だ。そう思うのは、『百扇堂』を疑っているからに他ならない。

「じつは、栄次郎さんと同じように思っているひともおります。行商にやって来る奉公人は、訪問先で内儀や娘相手に話ばかりしているという噂も聞きます。それほど、商売熱心ではないようなんです。まあ、かえってそのほうが、相手は安心して小間物屋を受け入れ、結局は品物を買ってしまうのかもしれないという話をしたこともあります」

大和屋は真顔になって、

「『百扇堂』さんに何か」

と、栄次郎の顔を窺うように見た。

なんでもないと言おうとしたが、口をついて出たのは別の言葉だった。

「じつは、またお染さんから誘われました」

吉右衛門たちに話したことを、また繰り返した。

「そうですか」

眉をひそめて、大和屋はぽつりと言った。

「かなり、重症ですね」

「………」

「お染さんがかなり栄次郎さまにご執心なのを知っておりました。そうですか。また、誘いがありましたか」

大和屋は顔をしかめてから、

「私のほうからお染さんにそれとなく話しておきましょう」

と、言った。

「いえ。このことは私がなんとかします。もうひとつ、お訊ねしたいのですが、お染さんやお露さんはこちらのお屋敷にはたびたび来ているのですか」

「はい。父親の名代として何度か。それ以外にも、何か催しがあればお招きしております。それが何か」

「庭などを散策されたことは？」

「庭ですか。ええ、庭を気に入っていただいたようで、来ると、たいがいは庭に出られます」

「お染さんとお露さんだけですか」

「そうです。たまに、お供の手代といっしょのこともございます」

「手代ですか」

「栄次郎さま。いったい何があったのでしょうか」

「いえ、ほんとうになんでもないんです」

「しかし」

大和屋は納得いかないようだった。

「何か『百扇堂』さんに関係していることですね」

大和屋は鋭く迫った。

「栄次郎さま。私も豪商といわれる男です。幾多の修羅場をくぐって来た人間。何を聞かされようと動じるものではありません。また、めったに他言はしませぬ。栄次郎さまの顔色を読めば、何かあるとわかります」

「恐れ入ります」

栄次郎は迷ったが、もし栄次郎の想像が間違っていなければ、『明烏』の次の狙いが『大和屋』という可能性も否定出来ないのだ。だったら、知らせておくべきだろうと思った。

「わかりました。ただし、これからお話しすることは、あくまでも私の想像でしかありません。間違っているかもしれません。そのおつもりでお聞きください」

栄次郎は真剣な眼差しになった。

「『明烏』という盗賊をご存知ですか」

「ときたま、江戸で大騒ぎになる盗賊ですね」

「そうです。豪商しか狙わず、だいたい半年ごとに夜働きを繰り返しています。一切、手掛かりを残さず、奉行所も火盗改めも手を焼いているという盗賊です。前回の夜働きから、いま半年以上経っています」

　大和屋は顔を強張らせた。

「そろそろ、動きだす時期で、狙いはまさか……」

「『大和屋』さんである根拠は何もありません。しいていえば『百扇堂』です」

「『百扇堂』さんが、『明烏』？」

「突拍子もない話と思われましょう。確かに、とんでもない言いがかりかもしれませぬ。その根拠はお染さんの情念ですから」

「…………」

「このひと月内に、三人の女子がかどわかされました。その黒幕にお染さんがいるという疑いから飛躍しての『明烏』の件です。とんでもない間違いかもしれません。ですから、なかなか言い出せなかったのです」

「『百扇堂』さんが店を開いたのは十数年前。僅かな期間で、あれだけ豪遊出来る稼ぎを得たというのは、我ら札差仲間でも驚嘆する声はたくさんございました。しかし、『明烏』というのはいまひとつ頷けませぬ」

「ごもっともです。私も、疑いながらも半信半疑なのですから。ですから、今のことは大和屋さんの心の内に留めておいてください」

大和屋が眉根を寄せて、

「先日、『百扇堂』さんは船を持っているかとお訊ねになりましたね」

と、探るような様子できいた。

「ええ。何か」

栄次郎は覚えず身を乗り出した。

「なぜ、船のことを？」

「さっき話した三人の女子のかどわかしですが、いずれも船で連れ去られた形跡があります。荷足船で……」

大和屋の顔が青ざめているのに気づいて、栄次郎は言葉を切った。

「京三郎さんは船を持っていませんが、行徳河岸の船主とは親しくしているようです」

「行徳河岸というのは日本橋川から大川に向かう？」

おなみが船に乗せられたと思われる場所の近くだ。

「そうです。京三郎さんからそんな話を聞いたことがあります。荷足船を所有し、廻船問屋からの依頼があれば、船頭を雇い、荷の運搬をしているそうです」

その船主は『明烏』の一味かもしれない。

「その船主の名前はわかりますか」

「いえ、聞いていません」

「大和屋さん。『百扇堂』のことはともかく、『明烏』に狙われないとも限りません。どうか、十分に用心をなさってください」

そう言い、栄次郎は帰り支度をした。

三

栄次郎は『大和屋』から浅草黒船町に向かった。

お秋の家に着くと、栄次郎はさっそく確かめた。

「崎田さまはきょうお見えになりますか」

「いえ、きょうは来ないと思います」

「そうですか。奉行所に行けば会えるでしょうか」

「何か、旦那に？」

「ええ、話しておきたいことがあるのです」

「じゃあ、誰かに言伝《ことづ》てを頼みます。いつも、近所の手の空いている若いひとに奉行所まで使いに行ってもらっていますから」

「いいですか」

「任しといて」

お秋は胸を叩いて外に出て行った。

栄次郎は二階に上がった。部屋に入ると、刀を置き、瞑想した。

崎田孫兵衛が来るまでに、考えをまとめておかねばならない。

『百扇堂』が『明烏』の世を欺《あざむ》く仮の姿である可能性は高まったとみていい。親分の京三郎、その情婦お露。京三郎の娘のお染。そして、奉公人たちはすべて子分だ。さらに、行徳河岸にある船主も仲間の可能性がある。

子分たちは小間物の行商で、いろいろな大店に出入りをしている。それは品物を売るためというよりは、中の様子を探るためではないのか。土蔵がどこにあり、家の中がどんな間取りで、主人の部屋はどこかなど、押し込むための下調べをしているのだ。

家人が熟睡している頃に忍び込み、土蔵から数千両を奪って逃走。川まで行き、船で隠れ家に金を運んだのだ。

ふだんは市ヶ谷田町の『百扇堂』で、何食わぬ顔で、市井に溶け込んで暮らしているのだ。

親分の京三郎は病床にある。代わって、差配しているのはお露だ。お露は親分の名代《みょうだい》であるから、子分たちは命令を聞くのだ。

そんな中、お染が栄次郎に情念を抱いた。正確には、三味線弾きの杵屋吉栄に対してだが、お染の異常な執念が三人の女子のかどわかしとなったのだ。『明烏』一味の手にかかれば、女子のかどわかしなど容易であろう。

おさんやお蝶は最初は駕籠に押し込んで攫《さら》ったのだろうが、駕籠は借りたものだ。

いったい、三人はどこに監禁されているのか。橋場の寮には三人はいなかった。新八が忍び込んで調べたのだから間違いない。

ただ、匂い袋が落ちていた。まだ誰のものかわからないが、お蝶のものなら、あの寮にいっときお蝶がいたことになる。

お秋が梯子段を上がって来た。

「言伝けて来たそうよ」

「ありがとう」

お秋は栄次郎の前に座り、怖い顔を近づけた。

「栄次郎さん。危ないことに首を突っ込んでいるんじゃないでしょうね」

「いえ、そんなことはありません。ただ、思いついたことを崎田さまにお知らせし、奉行所のほうで調べてもらおうとしているだけです」

「それならいいけど」

お秋は安心したように言った。

それからしばらくひとりで過ごした。

三人のかどわかしの中でおさんは間違いだったのだろう。栄次郎の馴染みはおしまだったのだから。

わからないのは、なぜ助三という職人に嘘をつかせたのか。おさんが栄次郎の名で呼び出されたと、わざわざ訴え出させている。

なぜ、そんな真似をしたのか。

部屋の中が薄暗くなって来た。梯子段の音がした。行灯に火を灯しに来たのかと思ったが、

「旦那が来ました」

と、お秋が伝えた。

「早いですね」

栄次郎はすぐに立ち上がった。

梯子段をおり、茶の間に行くと、崎田孫兵衛が長火鉢の前で待っていた。

「急いで来た」

孫兵衛は早く栄次郎の話を聞きたいようだった。

「お呼び立てしてもうしわけございません」

「そんな挨拶はいい。用件を聞こう」

「はい」

栄次郎はどう切り出すか考えていた。

「崎田さまは市ヶ谷田町にある小間物商の『百扇堂』をご存じでいらっしゃいますか」

「『百扇堂』は知っておる」

「どうしてですか」

「うむ。じつは……」

孫兵衛は迷ってから、

「奉行所に付け届けをしているのだ」

「付け届けですって」

栄次郎は唖然とした。何か揉め事や事件に巻き込まれたとき、ことを穏便に済ませてもらおうと、常日頃から与力・同心に付け届けをしている商家が多い。『百扇堂』が付け届けをしている目的は、『明烏』の探索の様子を探るためだろう。そこまで手を打っていたのだ。

「『百扇堂』がどうしたと言うのだ?」

孫兵衛がきいた。

「『百扇堂』が『明烏』ではないかと……」

「なに、ばかなことを言っておる」

孫兵衛は一笑に付した。

「聞いてください。『百扇堂』は奉公人に小間物の行商をさせ、豪商の屋敷にそれぞれが出入りをしています。それは、内部の様子を探るという目的があってのことだと……」

「おいおい」

孫兵衛は手を上げて、栄次郎の口をおさえつけ、

「わざわざの呼出しゆえ、何事かと期待をして飛んでくれば……。いやはや」

と、呆れたよう言った。

「崎田さま。お聞きください。じつは、きのうお願いした匂い袋は『百扇堂』の橋場

の寮で見つけたもの。先日、杵屋吉右衛門師匠とともに橋場の寮に招かれました」

「栄次郎どの」

孫兵衛は冷やかに口をはさんだ。

「よいか、『百扇堂』は常日頃から奉行所に付け届けをしておる。最近は、主人の京三郎が病床にあるというが、お染という娘が名代として律儀に奉行所にやって来るのだ。若い与力や同心たちは、美しいお染どのがやって来るのを楽しみにしておる」

栄次郎は唖然とするしかなかった。こうまで表と裏の顔を使い分けているとは想像以上であった。

「崎田さま」

「もう、よい。とんだ草臥《くたび》れ儲けだったが、思わぬことからお秋の家で酒を呑めることになった。これも、栄次郎どののおかげだ」

孫兵衛が皮肉たっぷりに言った。

栄次郎はやりきれずに首を横に振った。これ以上いくら訴えても無駄だと思った。

「失礼します」

栄次郎は腰を浮かした。

「すごすごと退散いたすか。それもよかろう」

孫兵衛の声を背中に聞いて、栄次郎は部屋を飛び出した。

「栄次郎さま」

お秋が二階の部屋まで追って来た。

「きょうは崎田さまと顔を突き合わせていたくありません」

「お食事、ここにお持ちいたしましょうか」

「いえ、新八さんがそろそろ見えるでしょう。そしたら、ふたりでどこかに寄って行きます」

孫兵衛のけんもほろろの態度に栄次郎は落胆を覚え、今後のことを新八と相談しなければならない。

新八が来たのは、暮六つの鐘が鳴り終えてからだった。

「ごくろうさまです。きょうは少し遅かったですね」

「もう一度『百扇堂』の寮に忍び込もうとしたんですが、警戒が厳しく無理でした」

「警戒が厳しい?」

「ええ、門の前にひとがいたり、塀の周囲を見まわっている人間もいて、なにやらものものしい雰囲気でした」

「何かあったのでしょうか」

「たぶん、お染とお露がやって来たのではないかと思われます」

「お染が？　そうですか」

明日、お露がお秋の家に迎えに来ることになっている。今夜から、お染たちは寮に泊まるつもりなのだろうか。

「崎田さまが見えてますね」

首をすくめて、新八が言った。

「私が呼んだのです」

じつはと、栄次郎はこれまでの経緯を話した。

新八も呆れ果てたように言った。

「すっかり『百扇堂』に、いやお染という女に丸め込まれているようですね」

「ええ、もう奉行所は頼りになりません。我々だけでやらねば」

三人を早く助けたいのだ。

「しかし、もはや『百扇堂』が『明烏』だとはっきりしたのではないでしょうか。明日からは、『百扇堂』のほうを探ってみます」

「ええ、私もいっしょします。ともかく、引き上げましょう」

栄次郎は刀を持って部屋を出た。

すまなそうなお秋の顔に見送られて、栄次郎と新八は蔵前通りのほうに向かった。

「栄次郎さん。最近、あっしが行く居酒屋があるんですが、そこに寄って行きませんか」

新八が誘った。

「いいですよ」

「佐久間町なんです。おゆうさんの家の近くです」

鳥越橋を渡って、蔵前通りから離れ、武家屋敷地の七曲がりの道を抜けて向柳原に出た。そして、神田川のほうに向かうと、前方の暗がりから小走りにやって来る男を見た。

近づくと、『ほ』組の印半纏を着ていたので、おゆうの家の鳶《とび》の若者だとわかった。

「栄次郎さん」

鳶の男も気がついて近寄って来た。

「どうしました、こんな時間に？」

「おゆうさんを迎えに鳥越の師匠のところまで」

「鳥越の師匠のところ？　おゆうさんが師匠のところに出かけたのですか」

「ええ、夕飯のあと、おゆうさんは鳥越の師匠のところに行って来るといって出かけたのです。なんだかそわそわとしていました」

　栄次郎は小首を傾げた。

「こんな時間に妙ですね」

　新八も訝しげに言った。

「行ってみましょう」

　栄次郎も鳶の男といっしょに来た道を戻った。

　再び、武家地の七曲がりの道を通り、鳥越神社に出た。そして、神社の裏手にある師匠の家に着いた。

　栄次郎は格子戸を開け、まず土間を見た。おゆうの履物は見当たらなかった。

　内弟子が出て来た。

「これは吉栄さん」

「師匠は？」

「今夜は師匠方の集まりで柳橋の料理屋に出かけました。何か、急用でしょうか」

「こちらに、おゆうさんは来ていますか」

「いえ、おゆうさんは昼間、お稽古に見えましたが……」

　内弟子は不審そうな顔で答えた。

「師匠方の集まりに、おゆうさんが呼ばれるということはありえますか」

「いえ、そんなことはないと思います」

「じゃあ、どうしちまったんでしょう」

鳶の男が戸惑い顔になった。

「私たちは、念のために柳橋の料理屋に行き、師匠に会ってきます。あなたは、いったん戻って、おゆうさんの親しい方のところに問い合わせるように手配してください」

「わかりました」

鳶の男はあわてて走って行った。

内弟子への挨拶もそこそこに、栄次郎は新八と柳橋に急いだ。

神田川にかかる柳橋の傍らに、『末広家』という料理屋があった。新八を外に残し、栄次郎だけ中に入った。

出て来た女中に、

「すみません。杵屋の師匠を至急、お呼び願えませんでしょうか」

と、栄次郎は頼んだ。

「少々、お待ちください」

女中が梯子段を上がって行った。二階の大広間に宴席が設けられているのだろう。

しばらくして、吉右衛門がやって来た。

「こんなところまで押しかけて申し訳ありません」

栄次郎は謝してから、

「つかぬことをお伺いしますが、こちらにおゆうさんはいらっしゃっていますか」

と、少し焦りぎみにきいた。

「いえ、見えていません。おゆうさんがどうかしたのですか」

「夕飯のあと、師匠の家に行くと言って出かけたきり、まだ帰ってこないそうです」

「なんですと」

吉右衛門も眉根の辺りを翳らせ、不安の色を浮かべた。

「今頃家に帰っているかもしれません。これから、おゆうさんの家に行ってみます」

「何かあったら、すぐ知らせてください。ここはもうすぐお開きになります。自宅のほうに知らせを」

「わかりました」

栄次郎が外に出ると、門の横で待っていた新八が近寄って来た。

「やはり、いませんでしたか」

栄次郎の表情から察して、新八が言った。

「ええ。おゆうさんの家に行ってみましょう」

栄次郎は神田佐久間町のおゆうの家に向かった。

途中、栄次郎も新八も無言だった。ふたりの頭にあるのはお染のことだ。三人の女子と同じく、おゆうもお染にかどわかされたのではないか。

おゆうの家に着くと、さっきの鳶の若者が土間にいた。

栄次郎は首を振り、

「柳橋の料理屋にもいませんでした」

と、伝えた。

「こっちでも知り合いのところにも使いをやっていますが、今のところ居場所はわかりません」

「自身番には？」

「知らせました。さっき、磯平親分もやって来ました」

おゆうの家は混乱していた。

栄次郎は外に出た。胸騒ぎがした。

「新八さん。やはり、お染かもしれませんね」

「ええ、間違いありませんぜ。橋場の寮に連れ込まれたんじゃないでしょうか。夕方、警戒が厳しかったのもこのことを企んでいたからかもしれません。栄次郎さん、あっしはこれから、橋場に行ってみます」

「待ってください」

栄次郎は慎重になった。

「まず、おゆうさんがほんとうに寮にいるかどうか確かめなければなりません。仮にいたとしても、寮に忍び込んでもおゆうさんを助け出すことは難しいでしょう。へたに動いて、おゆうさんの身に間違いがあってはたいへんです。お露が私を誘いに来たとき、やけに自信たっぷりでした。このことを想定していたからに違いありません。すぐに、おゆうさんの身に危険が及ぶということはないでしょう」

「じゃあ、どうするんですかえ」

「お染の狙いは私です。明日、お露が私を呼びに来るはずです。私は誘いに乗ります」

「ひとりでですかえ」

「ええ、向こうは私ひとりでと言っています。それに、まだ奴らは、自分たちが『明烏』とばれたとは思っていません。そこに、奴らの油断があります」

「ですが、ひとりで敵地に乗り込むようなものですぜ」

「新八さんは磯平親分たちと寮を見張ってください。ほんとうにおゆうさんが監禁されていたら知らせます。騒ぎが起きたら乗り込んでください」

「わかりました」

「私はおゆうさんの父上にだいたいのことを話してきます」

そう言い、栄次郎はおゆうの家に入って行った。

四

翌日の昼過ぎ、栄次郎はお秋の家で待っていた。

きのうはおゆうのことを考えて眠れなかった。前回、橋場の寮に招かれたとき、お染に見せつけるようにおゆうと仲よく唄と三味線を披露したことが、今回のかどわかしにつながったのではないか。そう思うと、おゆうを危ない目に遭わしたのは自分ということになると、栄次郎は胸を痛めた。

梯子段を上がる足音が聞こえ、お秋が障子を開けた。

「この前のひと、来ましたよ」

お秋がつんとして言う。大年増ながら、お露も匂うような女なのだ。

しばらくして、お露が部屋に入って来た。

「お迎えに参りました。お招きに応じていただけますね」

自信に満ちた言い方だ。

「わかりました。お伺いいたしましょう」

「では、これから」

「気が早くありませぬか」

「お嬢さまがお待ちでいらっしゃいますから」

「わかりました」

栄次郎は立ち上がり、刀掛けから大刀を摑んだ。

もし、いやだと答えていたら、どう出るつもりだったろうか。おゆうのことを遠回しに持ち出し、栄次郎を誘い込むつもりだったか。

「栄次郎さん。どちらへ」

階下で、お秋が憤然としてきいた。

「お秋さん。旦那がいらっしゃったらよしなに」

「栄次郎さま。さあ」

お露が促す。

栄次郎はお露といっしょに外に出た。

「こちらです」

お露は川のほうに誘った。

「船で?」

「ええ、それほど遠くはございませんが、船で行くのも一興かと」

御厩河岸の桟橋に猪牙舟が待っていた。

栄次郎に続き、お露も乗り込む。川風は冷たい。

「さあ、船頭さん。橋場までやっておくれ」

「へい」

色の浅黒い船頭は威勢のいい声で応じた。この船頭は『明烏』の仲間かどうかわからない。ただ、栄次郎を運ぶだけだとしたら、船宿のまともな船頭かもしれない。

川の真ん中に出ると、速度をあげ、あっという間に吾妻橋に近づいていた。

橋をくぐると、左手に浅草寺の五重塔が見え、さらに左前方に待乳山聖天が目に飛び込んで来た。

今戸の辺りで、大川は少し弧を描き、船は回り込みながら橋場の渡し場に向かった。

猪牙舟は橋場の渡し場を過ぎ、真崎稲荷の裏手のにある桟橋に着いた。ここからなら、寮は目と鼻の先だ。

お露のあとに従い、栄次郎は岸に下り立った。

どこにいたのか、男がひとり現れ、お露といっしょに案内に立った。

寮の門を入る。ふと庭のほうに目をやると、男の影が隠れたところだった。なるほど、警戒が厳しい。

上がり口で、お露が静かに言った。

「腰のものをお預かりいたします」

「いや、このままで」

「困ります。刀は刀掛けにお掛けしますので」

お露は厳しい口調になった。

「わかりました」

栄次郎は折れて大刀を渡した。

栄次郎はこの前と同じ部屋に通された。

床の間に一輪挿しが飾られているだけで、他に何もない。栄次郎が床の間を背に座って待っていると、薄い紅色の小袖に白い打掛で着飾ったお染が入って来た。

妖艶な姿だ。この世のものとは思えないほどの美しさだが、どこか違う。

「栄次郎さま。よう来てくださいました」

お染は笑った。まるで、蕾《つぼみ》が一気に花開いたかのような艶やかな笑みだ。

「やっと、ふたりきりになれました。この日の来ることを、どれほど望んでいたか」

「………」

栄次郎は返答に窮した。

「きょうはゆっくりしていってください」

「そうもしていられません。じつは、相弟子のおゆうという女子がきのうの夜から行方知れずになっております。その探索もあり、ゆっくりしていられないのです」

栄次郎はきっぱりと言った。

「悲しいことを仰るものではありませんよ。おゆうなる女子はきっと無事でしょう」

「どうしてそう言えるのですか」

「私にはわかります」

お染は口許に意味ありげな微笑みを浮かべた。

「何が、ですか」

栄次郎は探るようにお染の顔を見つめた。

「諸々のことです」

「諸々？」

「そうです。差し当たり、栄次郎さまのことを見通せば、栄次郎さまはお侍も三味線弾きもやめておられます」

いきなり、栄次郎の将来を予測した。

「侍はともかく、三味線は手放さないつもりですが」

栄次郎はやんわりと反論する。

「もちろん、三味線を弾くことはありましょう。ですが、舞台で弾くことはありませんん」

「では、私は何になっているのですか」

「私の夫です」

お染は平然と言い放った。

「ご冗談を」

「冗談ではありませぬ。栄次郎さまは私の夫となるお方。そして、『百扇堂』の主人として多くの奉公人を束ねていかれるのです」

「残念ながら、あなたの見通しは間違っています」

「いえ、私はかつて一度も誤ったことはございませぬ。あなたは、私の夫となり、父京三郎に代わり、たくさんの手の者を導いていかねばなりませぬ」

栄次郎は啞然とした。

「どういうことですか」

「私の父京三郎はいま病床にあります。父の跡を継げる者がおりませぬ。でも、栄次郎さまこそ、父に代われるお方」

栄次郎ははじめてこれまでのことがいろいろ見えてきた。

「そうか、あなたの目的はそこにあったのですか。そのために、あんなことを……」

覚えず、栄次郎は声を高めた。

「なんのことですか」

お染はとぼけた。

「お染さん。あなたの正体は何者なのですか。正直に明かしてください」

「正体などと」

お染はくすりと笑ってから、

「私は『百扇堂』の娘以外の何者でもありませぬ」

「そうでしょうか。他に何かがあるように思えますが？」

「もうひとつの顔？　なるほど、栄次郎さまは私を安珍をおい続けた清姫に見立てているのですね。つまり、もうひとつの顔、私の正体は蛇。ならば、今宵、栄次郎さまを取り殺してさしあげましょう」

お染はぞっとするような冷笑を浮かべた。

「三人の女子をかどわかしたのはあなたの差し金ですね」

栄次郎はついに核心に迫った。

「何を仰っているのかしら」

お染は冷たく言う。

「なぜ、三人をかどわかしたのか。あの三人があなたには目障りだったのかとも思いました。でも、深川のおさんという女は娼家の女。目障りだったとは違う。つまり、かどわかすのは、私に関わりのある女なら誰でもよかったのですね」

「それは違います。お蝶とおなみは、栄次郎さまにご執心過ぎました。私の夫になるお方にそのような真似をされては不快ですから」

「それだけのことでかどわかしたのですか」

「まあ、栄次郎さまのことで利用出来ると思ったからですが」

「おさんさんは私とつながりはなかったんです」

「ええ、あれは手下の男が勘違いしたんです。手下の男が深川に遊びに行って、たまたま栄次郎さんが『一よし』に入って行くのを見たんです。『一よし』で一番若く、器量もそこそこなのがおさんでした。だから、てっきりおさんが栄次郎さんの敵娼だと錯覚してしまったんです」

「助三という男を殺したのもその手下ですか」

「金遣いが荒く、町方に目をつけられると思ったのです。少しは辛抱していればよいものを。人間、持ちつけぬ金を持つのはいけませぬ」

「なぜ、三人のかどわかしに私の名を使ったのですか」

「ほんとうは、栄次郎さんを罪に陥れようとしたの」

お染はいたずらっぽく笑った。

「どういうことだ?」

「栄次郎さんが女たちを甘い言葉で誘い出し、女衒《ぜげん》に売り飛ばした。そのつもりでした。そうすれば、栄次郎さんは私たちの仲間に入るしかないようになると思ったんですよ。でも、栄次郎さんは疑われそうもなかった。お人柄なんでしょうね。それに、お上《かみ》に目をつけられたのでは、今後、『百扇堂』の主人としてやっていくのに不都合だと、父の京三郎が言い出したのです。それで、途中からやり方を変えたのです。つまり、女たちを人質に、栄次郎さんに迫ろうと」

「三人では足りず、おゆうさんまでかどわかしたのですね」

「おゆうさんのほうが栄次郎さんには効き目があると考えたんですよ。でも、それだけじゃない」

「………」

「百花園での、栄次郎さんとおゆうさんの睦まじさに私の心が狂おしくなったんです。おゆうさんを許せなくなったんですよ」

「あなたには自分しかないのですか」

栄次郎は語気を荒らげた。

「いえ、そんなことありません。栄次郎さんは誤解なさっています。私ほど、可愛い女はいないと思いますけど」

「おゆうさんたちはどこにいるのですか」

「あるところです」

「無事なのですか」

「ご安心を。ただ、三人の女は長く閉じ込められているので、だいぶ衰弱しているようですが」

お染は冷酷に言った。

「早く、帰してやってください」

「栄次郎さん次第です」

お染は不敵な笑みを浮かべた。

「あなたが、一切のしがらみを断ち切って、私の婿になってくだされば、すぐに解き放します」

「ばかな」

栄次郎は一蹴した。

『明烏』の頭《かしら》に絶対にならないと口に出かかったが、お染たちの正体が『明烏』だと、まだ知らない振りをしておくべきだと思い直した。悟られたら、かえって警戒され、人質も危険にさらされるかもしれないからだ。

「栄次郎さんから色好い返事をもらうまでは、女たちを帰すわけにはいきません。栄次郎さんもです」

「私も？　そんなことが出来るのですか」

「出来ます」

お染は自信たっぷりに言う。

「栄次郎さんがおゆうさんを放って自分だけ帰ることはしないはずです。そんなことしたら、おゆうさんがどんなことになるか。今、この寮にも飢えた狼のような男がたくさんいますからね」

「いいか。おゆうさんや他の三人にひどいことをしたら絶対に許さない」

栄次郎は片膝を立てた。

「安心してください。すべて、栄次郎さまのお心次第」

お染は勝ち誇ったように言う。

「お染さん。あなたにはひとの心というものがないのですか」

「ひとの心？　私の本性は蛇かもしれませんねえ」

そのとき、襖が開いて、お露が入って来た。

お染のそばに座り、栄次郎を一瞥してから、

「お話し合いはうまくいきましたか」

と、含み笑いをしてきいた。

「ええ。でも、まだ栄次郎さんが納得いかないみたいなの。栄次郎さんの気持ちを変えさせる何かいい手立てはないものかしらねえ」

お染はわざとらしく吐息をもらした。

「お染さんの婿になるなんて、男としちゃこんなうれしいことはありませんよ。その上、『百扇堂』の主人になれるのですから」

「お断りします。私には私の生き方がある」

「お嬢さま。やはり、栄次郎さまの、細くて長い指先がいけないんです。その指を使えなくすれば、三味線を諦めざるを得ません」

「まあ、お労《いたわ》しい」

「これも、お嬢さまの婿になっていただくため」

お露が手を叩いた。乾いた音が部屋の中に響いた。

さっと、襖が開いた。

数人の男たちがおゆうを押さえ込んでいた。おゆうは後ろ手に縛られ、手拭いで猿ぐつわをかまされていた。

「おゆうさん」

栄次郎が立ち上がろうとすると、兄貴分らしい男が、

「動くな」

と、おゆうの咽《のど》に匕首《あいくち》をつきつけた。

「卑怯な」

男たちが栄次郎のもとに駆け寄り、取り囲んだ。

「栄次郎さま。おとなしくしていただきましょう」

お露が立ち上がった。

栄次郎は素早くお染に飛び掛かった。脇差を抜き、お染の咽に突きつけた。

「おゆうさんを放せ」

「栄次郎さんには無理ですよ。なんの手出しも出来ない女を殺すなんて出来やしませんよ」


お染は落ち着いていた。

「栄次郎。脇差を捨てろ。捨てなければ、この女の顔に傷をつける」

兄貴分らしい男が匕首の切っ先をおゆうの頰に当てた。おゆうは目を見開いて恐怖と闘っていた。

「待て」

栄次郎は叫んだ。

お染がゆっくりと栄次郎から脇差を取り上げた。すかさず、男たちが駆け寄った。

栄次郎は両手をとられ、縄をかけられた。

「姐さん。こいつの指を落としますかえ」

兄貴分が冷酷そうな声で言う。

「そうだねえ。じゃあ、やっておしまい」

お露が言うと、男たちは栄次郎を押さえつけ、左手を畳につけさせた。

「じゃあ、おやり。人指し指と中指の二本でいいだろうね」

「へい」

栄次郎は手を動かそうとしたが、ふたりの男に押さえつけられ、動かせなかった。

兄貴分のもった匕首が指先に迫った。

「悪く思うなよ」

匕首が振り上げられた瞬間、栄次郎は満身の力を込めて兄貴分に体当たりをした。

兄貴分がよろけた。だが、栄次郎はふたりの男にさらに強い力で押さえつけられた。

「この野郎」

兄貴分は匕首の柄で栄次郎の顔を思い切り殴った。栄次郎の眉間が割れ、血が飛び散った。

「おい、しっかり押さえていろ」

そう言い、兄貴分は改めて匕首の切っ先を指の付け根に突き付けた。

「待って」

お染が声を出した。

「ここでは薬がないし、治療が出来ないわ。指を切るのは明日にして」

「へい」

兄貴分は渋々ながら引き下がった。

お染は栄次郎の眉間に口を寄せた。

「まあ、こんなに血が出て」

お染は眉間に口をつけ、血を舐めた。

それから、左手を摑み、指先をなでながら、

「今夜、この指先で私を喜ばせてちょうだい。もう二度と、この指とたわむれることも出来ないものね」

お染は不気味に笑った。

栄次郎は憮然とお染の顔を睨みつけていた。

五

栄次郎は窓のない一室に閉じ込められた。後ろ手に柱とともに縛られ、足首にも縄

がかけられている。

陽が翳り、部屋の中は薄暗くなった。だが、まだ、夕闇は早い。雲が出てきたのだろう。おゆうはこの部屋にいない。他の部屋に閉じ込められているのか。

さっきから、栄次郎は手首を動かし徐々に縄目を緩めていた。結《ゆ》わかれるとき、気づかれぬように手首に力を入れておいた。

栄次郎の手首は想像以上に柔らかい。少しずつ、指先が自由になってきた。その自由になった指が結び目に届いたが固く結ばれていた。

次に顔を反らし、柱に後頭部をこすりつけた。髷《まげ》のもとどりを柱に押しつけているのだ。やがて、もとどりに隠してあった薄刃がぽとりと落ちた。体をずらし、倒れ込むようにして指先につまんだ。

足音がした。栄次郎は薄刃を摑み、あわてて元の姿勢に戻った。いきなり、襖が開いた。現れたのはお露だった。

お露は栄次郎の前にやって来た。

「どうするつもりだ?」

栄次郎はきいた。

「そろそろ、京三郎がここに参ります」

「『百扇堂』の主人の京三郎か」

『明烏』の頭目だ。

「はい。病を押してまいります。京三郎が参り次第、おふたりの婚礼を挙げます」

「ばかな」

「よいですか。おゆうさんをはじめ三人の女子の命は栄次郎さまの決断にかかっております。栄次郎さまがお染さまの婿になられた暁に、はじめておゆうさんたちは解放いたします」

「教えてくれ。なぜ、私に白羽の矢が立ったのだ？」

栄次郎は話しかけながらも、指先の薄刃はゆっくり縄目に切り込んでいた。

「お染さんがあなたを見初《みそ》めたことも大きな理由ですが、やはり、跡目を継ぐのはあなたしかいないと、京三郎があなたに惚れたのでございますよ」

「どうして、京三郎が私を？」

「京三郎は人相見をよくします。半年以上前、京三郎はたまたま往来であなたとすれ違ったそうです。そのとき、あなたの面相に天下人の印を見つけたそうです」

「…………」

「それで、あなたのことを調べた。あなたは、ちょうどその頃、神田川周辺で頻発した辻斬りを見事解決なさいましたね。京三郎はあなたが辻斬りを倒したところを見ていたのです。腕も度胸もある。俺の跡継ぎはあの男だと心に決めた。ところが、お染さんまで舞台のあなたを見てから魂を奪われてしまいました」

「あなた方は何者なのですか。とうてい、ただの小間物屋ではありませんね」

「いつか、あなたにもすべてお話しするときが来るでしょう。それまで、あなたはお染さんの婿殿でいていただきたいと思います」

縄目の一カ所が切れた感触を得た。

「そろそろ、お見えになる頃。もう、しばらくお待ちください」

お露が去って行った。

狂っていると、栄次郎は内心で吐き捨てた。この寮の周辺に新八がいるはずだ。だが、人質をとられた状態では、新八とふたりでは心もとない。

それから四半刻（三十分）が経過すると、部屋の中は暗くなった。窓の外も暗い。足音がして、お露がやって来た。そして、行灯に明かりを灯した。

すると、襖が開いて、年配のやせた男が入って来た。蒼白い顔だ。四十過ぎの大柄な男がついていた。

やせた男が栄次郎の前にやって来た。ぎらついた目で見つめる。

「矢内栄次郎、この日を待ちかねたぜ。『百扇堂』の京三郎だ」

京三郎はしゃがみ込んで言う。

これが『明鳥』の頭目なのかという思いで、栄次郎は京三郎を見た。

「こいつは番頭の卓蔵《たくぞう》だ。おまえの右腕となる男だ」

京三郎は四十過ぎの男を引き合わせた。

「俺もご覧のとおり、病には勝てねえ。もう、先はねえ。今のうちに、後々のことまで考えておかねえとな。それで、こんな手荒な真似をしてまで、おまえを仲間に引き入れたかったのだ」

「いやだと言ったら?」

栄次郎はきいた。

「いやとは言わせねえ。女たちが死ぬことになる。その下手人はおまえだ」

死神が下り立ったような陰惨な顔にまたも不気味な笑みが浮かんだ。

「おまえに女を殺させる。そしたら、おまえはお尋ね者として奉行所から追われる身となる。捕まれば斬首だ。俺たちに頼るしか、おまえに逃げ場はなくなる」

「………」

無念そうに、栄次郎は京三郎を睨んだ。だが、ようやく片手は自由になった。

「俺はおめえにあとを託したんだ。決して、いやとは言わせねえ」

京三郎は立ち上がった。

「跡継ぎなら、こっちの卓蔵さんがいるではないか」

栄次郎はあえて口にした。

「そうではないのか。私が跡を継いだら、卓蔵さんは面白くないはずだ。他の者とて、同じ気持ちのはず。そうではないのか、卓蔵さん」

栄次郎は卓蔵を見つめた。

「俺たちはおかしらの言うことならなんでも従う。おめえが、これからのおかしらだ」

「正直に言え。何も知らない私があとから乗り込んで取り仕切ったら面白くないはずだ」

「栄次郎。言いたいのはそれだけか」

京三郎は冷笑を浮かべ、

「人間にはそれにふさわしい器ってものがある。この男は番頭としちゃ一流だ。だが、かしらの器じゃねえ」

そのとき、廊下を走って来る音がして、若い男が顔を出した。

「今、栄次郎を迎えに来たと、新八と名乗る者が門口に来ています」

「新八？」

京三郎は眉根を寄せた。

「栄次郎さんの相弟子ですよ」

お露が教えた。

「お露。追い返して来い。栄次郎はとっくに引き上げたと言うんだ」

卓蔵がお露と呼び捨てにした。おやっと思った。お露はおかしらの情婦ではなかったのか。おかしらの女を呼び捨てには出来まい。お露は卓蔵の情婦なのだと悟った。

お露が部屋を出て行った。だとしたら、ひょっとして、お染は……。

「栄次郎さん。おまえさんの気持ちが固まるまで、しばらく江戸を離れてもらう。今宵、祝宴を挙げてからおまえはお染たちと船で出かけるのだ」

京三郎が含み笑いをした。

「女たちはどうするんだ？」

「心配いらない。ある場所で、ちゃんと面倒をみる。ただし、おまえがお染と心が通うようにならなければ死んでもらう」

「おゆうさんはどこにいる？　ここに連れて来てくれ。話はそれからだ」

栄次郎の腕は自由になっていた。

「女たちのことは心配ない。始末するときはおまえの手でやってもらう」

「もう正直に言え。自分の正体を明かせ」

栄次郎は声を張り上げた。

「いずれわかることだが、俺たちは……」

そのとき、近くから、

「栄次郎さん。いますかえ。栄次郎さん」

という声が聞こえ、京三郎は口を止めた。

「なんだ？」

京三郎は顔をしかめた。

新八の声だ。新八が屋敷の中に入り込んで来たらしい。次の瞬間、悲鳴が聞こえた。

手下が新八に襲いかかって、逆に投げ飛ばされたのかもしれない。

あわただしく、お露が駆け込んだ。

「新八が栄次郎さんに会わせろと上がり込んで来ました」

「ふん。構わねえ、ここに通せ」

そう言ったあと、京三郎は卓蔵に目配せをした。

卓蔵は黙って頷き、懐から匕首を抜き取り、切っ先を栄次郎の喉元に当てた。

部屋の前が騒がしくなって、若い男が背中から部屋に入り、続いて新八が現れた。

「あっ、栄次郎さん」

栄次郎が縛られて匕首を突き付けられた姿を見て、新八は目を剝いた。

「ちくしょう」

新八が身構えると、

「静かにしろ」

と、卓蔵が栄次郎に匕首を突き付けたまま叫んだ。

「新八さん。私はだいじょうぶです。おとなしくしてください」

「しかし」

若い男が新八の脇腹に匕首を突き付けた。

「新八さんをどうするつもりだ？」

栄次郎は京三郎に声をかけた。

「さあ、どうしますか。生きていられても迷惑だ。簀巻きにして大川に投げ込むのが一番いいだろう」

京三郎は不気味に笑った。

「それでも、人間か」

栄次郎が詰《なじ》っても、京三郎はまったく動じない。

「もはや、死神に近い」

京三郎は喉に詰まった声を出した。

「おゆうさんと三人の女に会わせてくれ」

栄次郎が頼む。

「それほど会いたいか。しかたない、おゆうには会わせてやろう。連れて来るのだ」

京三郎はお露に命じた。

再び、お露が部屋を出て行った。

新八が目顔で何か合図を送っている。わかるはずはない。だが、新八が落ち着いていることに気がついた。

新八から見れば、栄次郎もとらわれ、危機的な状況のはずだ。それなのに、どうして落ち着いているのか。

お染が、おゆうを連れて来た。髪が解け、唇から血を流していた。

「おゆうさん」

栄次郎は何が行われたか察した。嫉妬に駆られたお染がおゆうに乱暴を働いていたのに違いない。

そのとき、また手下のひとりが飛び込んだ来た。

「今度は新八に会わせろと、奉行所の同心がやって来ました」

「同心だと？」

京三郎は不思議そうな顔をした。

「なぜ、同心が……」

いきなり、京三郎は新八の前に立った。

「おい、どういうことだ？」

「あっしがここに入って、しばらく経っても出て来なかったら、様子を見に来ることになっているんですよ」

新八は平然と答えた。

「なんだと？」

京三郎の顔色が変わった。

「なぜ、同心がここに？」

「『明烏』を追って来たのだ」

栄次郎は声を放った。

「なに」

京三郎が栄次郎に顔を向けた。

卓蔵が一瞬動揺した隙を見逃さなかった。栄次郎はいきなり卓蔵の足を自由になった手で払った。

と同時に、新八が匕首を持った男を突き飛ばした。栄次郎は素早くおゆうを押さえている男を殴りつけた。

新八は廊下に出て叫んだ。

「旦那方、来てくださせえ」

部屋の中は混乱した。

栄次郎はおゆうを背後にかばい、

「『明烏』、観念するんだな。小間物商の『百扇堂』とは世をたばかる仮の姿、実体は『明烏』という盗賊だということは奉行所もお見通しだ」

「きさま」

いっせいに捕物出役の同心や岡っ引きが駆け込んで来た。

「新八さん。おゆうさんを頼む」

栄次郎は京三郎と卓蔵を追った。お染とお露もいっしょに奥に逃げた。

時代小説

二見時代小説文庫

明烏《あけがらす》の女《おんな》　栄次郎江戸暦《えいじろうえどごよみ》8

著者　小杉健治《こすぎけんじ》

発行所　株式会社　二見書房
東京都千代田区三崎町二-一八-一一
電話　〇三-三五一五-二三一一［営業］
〇三-三五一五-二三一三［編集］
振替　〇〇一七〇-四-二六三九

印刷　株式会社　堀内印刷所
製本　ナショナル製本協同組合

ISBN978-4-576-12114-7
http://www.futami.co.jp/